不埋沒一本好書，不錯過一個愛書人

七樓書店

汪曾祺 著

于受万 插画

SPM 南方出版传媒 广东人民出版社

·广州·

图书在版编目（CIP）数据

聊斋新义 / 汪曾祺著. — 广州：广东人民出版社，
2020.1（2020.5 重印）
ISBN 978-7-218-13864-0

Ⅰ．①聊… Ⅱ．①汪… Ⅲ．①长篇小说－中国－当代
Ⅳ．① I247.5

中国版本图书馆 CIP 数据核字（2019）第 210248 号

Liaozhai Xinyi
聊斋新义

汪曾祺　著

出 版 人：肖风华

出版监制：黄　平　高　高
选题策划：七楼书店
特约策划：史　航　段　洁
责任编辑：刘　宇　马妮璐
责任技编：周　杰　易志华
封面设计：李　琳

出版发行：广东人民出版社
地　　址：广东省广州市海珠区新港西路 204 号 2 号楼（邮政编码：510300）
电　　话：（020）85716809（总编室）
传　　真：（020）85716872
网　　址：http：//www.gdpph.com
印　　刷：天津丰富彩艺印刷有限公司
开　　本：880mm×1230mm　1/32
印　　张：9　字　数：100 千
版　　次：2020 年 1 月第 1 版
印　　次：2020 年 5 月第 2 次印刷
定　　价：68.00 元

如发现印装质量问题，影响阅读，请与出版社（020－85716849）联系调换。
售书热线：（020）85716826

序

明人宋懋澄致友人信札里写道："少苦羁绁，得志但愿蓄马万头，都缺衔辔。"

即是我们常说的信马由缰，只不过人家是乘以万数。

汪曾祺也是有这种豪兴的人吧。

他给老友朱德熙写信，提了一个明知道"不成熟的小建议"，让老友他们张罗出一本《考古学——抒情的和戏剧的》："先叫我们感奋起来，再给我们学问。"

诸位现在拿在手里的《聊斋新义》，也是这样的一本感奋之书，只是用笔简易，态度从容，简直太从容了，像他平时挤点菠菜汁画出的国画，基本不容你拍案叫绝（你的手不痛，人家案也是会痛的），他就想让你知道，《聊斋》是可以在从容中让人感奋的。

汪先生在爱荷华写作中心访学期间的家书，提及正在动笔的《聊斋新义》——

我写完了《蛐蛐》，今天开始写《石清虚》。这是一篇很有哲理性的小说。估计后天可以写完。我觉得改写《聊斋》是一件很有意义的工作，这给中国当代创作开辟了一个天地。（1987年9月20日致施松卿）

继续改写《聊斋》。我带来的《聊斋》是选本，可改的没有了。聂（华苓）那里估计有全本，我想能再写几篇可改的。（1987年10月12日致施松卿）

古华叫我再赶出十篇《聊斋》来，凑一本书交陈映真在台湾人间出版社出版。我不想这样干。我改编《聊斋》，是试验性的。这四篇是我考虑得比较成熟的，有我的看法。赶写十篇，就是为写而写，为钱而写，质量肯定不会好。而且人也搞得太辛苦。（1987年10月20日致施松卿）

《聊斋》续篇恐在此也难写，我得想想。你叫汪朗或汪朝给我买一套《聊斋》的全本。我带来的是一选本，只选了著名的几篇，而这些"名篇"（如《小翠》《婴宁》《娇娜》

《青凤》）是无法改写的，即放不进我的思想。我想从一些不为人注意的篇章改写。（1987 年 11 月 24 日致施松卿）

挺好，老头儿在异国他乡新朋故知的簇拥中，还是找到了这样一个一等消遣。

不在国外，他还未必有兴开笔吧。

电影《一代宗师》有句台词，是编剧邹静之的得意之笔，可惜没有呈现在通行版本里："没有他乡，哪有故知。"

江苏高邮人汪曾祺，在美利坚国爱荷华州，与山东淄博人蒲松龄重逢了。

四大名著，他没有动过改写的念头，他选了《聊斋》。

他的小说《鉴赏家》有一句诗，是画家季匋民写给他的朋友果贩叶三的："为君破例著胭脂。"

诗人俞心樵在诗里问过："新生事物层出不穷，谁能把旧的创造出来？"

不声不响，闲来无事，有人下厨了。

具体为什么选了这几篇，作者自有《前言》，无须后生小子赘述，我只在这里抢着说一句：

我最爱《捕快张三》，那才是除了汪曾祺谁都写不出来的。

他老师沈从文写不出来，我一直敬重爱惜的孙犁，估计也写不出来。

汪曾祺对人的热爱，就在于他想帮所有不算坏的人求生，甚至直接用他的笔放生。

可惜他没有改编《王六郎》，那是《聊斋》里我的最爱。

不过，汪曾祺最好的小说，都是讲着王六郎式的故事。《鉴赏家》是，《星期天》是，甚至《寂寞与温暖》也是。

人再穷愁困苦，都有个知己在等你。

以前有个女记者问科学家霍金："这一生有什么事情真正打动过你？"

霍金回答："遥远的相似性。"

汪先生生前，我见过一次，是在劳动人民文化宫的书市上，我排在队里，请他在《榆树村杂记》上面签名，记得他的眼神很犀利，又近乎睥睨，就觉得这老头儿很不好惹。

这么多年过去了，把能找到的所有汪作都读了，连他的题画的每个字，连他应酬之作的对联都看了……现在渐渐确认，这个老头儿很好接近，甚至也挺好懂，只是非常难于形容，难于概括，所谓清光自难名。

好在老头儿自己写过一个故事，一个乡民朱小山的故事。

朱小山下田点豆子，地埂上都点了，还剩一把懒得带回去，搬起块石头，把剩下豆子塞到石头下面。过些日子发现石头离开地面了。豆子发芽，豆芽把石头顶起来了。朱小山惊奇了好多年，跟好多人讲这事。

人家问："你老说这事是什么意思？要说明一种什么哲学吗？"

"不，我只想说说我的惊奇。"

我写这个序，也就是想说说我的惊奇。

史航

2019年12月3日

前言

我想做一点试验，改写《聊斋》故事，使它具有现代意识，这是尝试的第一批。

石能择主，人即是花，这种思想原来就是相当现代的。蒲松龄在那样的时候能有这样的思想，令人惊讶。《石清虚》我几乎没有什么改动。我把《黄英》大大简化了，删去了黄英与马子才结为夫妇的情节，我不喜欢马子才，觉得他俗不可耐。这样一来，主题就直露了，但也干净得多了。我把《蛐蛐》（《促织》）和《瑞云》的大团圆式的喜剧结尾改掉了。《促织》本来是一个具有强烈的揭露性的悲剧，原著却使变成蛐蛐的孩子又复活了，他的父亲也有了功名，发了财，这是一大败笔。这和前面一家人被逼得走投无路的情绪是矛盾的，孩子的变形也就失去使人震动的力量。蒲松龄和自己打了架，迫使作者于不自觉中化愤怒为慰安，于此可见封建统治的酷烈。我这样改，相信是符合蒲老先生的初衷的。《瑞云》的主题原来写的是"不以媸妍易念"。这是道德意识，不是审美意识。瑞云之美，美在性情，美在品质，美在神韵，不仅仅在于肌肤。脸上有一块黑，不是损其全体。（《聊斋》写她"丑状类鬼"很恶劣！）歌德说过：爱一个人，如果不爱她的缺点，不是真正的爱。"情人眼里出西施"，是很有道理的。昔人评《聊斋》就有指出"和生多事"的。和生的多事不在在瑞云额上点了一指，而在使其颟面光洁。我这样一改，立意与《聊斋》就很不相同了。

前年我改编京剧《一捧雪》，确定了一个原则："小改而大动"，即尽量保存传统作品的情节，而在关键的地方加以变动，注入现代意识。

改写原有的传说故事，参以己意，使成新篇，这样的事早就有人做过，比如歌德的《新美露茜娜》。比起歌德来，我的笔下显然是过于拘谨了。

中国的许多带有魔幻色彩的故事，从六朝志怪到《聊斋》，都值得重新处理，从哲学的高度，从审美的视角。

我这只是试验，但不是闲得无聊的消遣。本来想写一二十篇以后再出来，《人民文学》索稿，即以付之，为的是听听反应。也许这是找挨骂。

汪曾祺

一九八八年一月二十日

原载《人民文学》一九八八年第三期

目 录

瑞云

改写自《聊斋志异·瑞云》

瑞云越长越好看了。初一十五，她到灵隐寺烧香，总有一些人盯着她傻看。她长得很白，姑娘媳妇偷偷向她的跟妈打听："她搽的是什么粉？"——"她不搽粉，天生的白嫩。"平常日子，街坊邻居也不大容易见到她，只听见她在小楼上跟师傅学吹箫，拍曲子，念诗。

瑞云过了十四，进十五了，按照院里的规矩，该接客了。养母蔡妈妈上楼来找瑞云。

"姑娘，你大了。是花，都得开。该找一个人梳拢了。"

瑞云在行院中长大，哪有不明白的。她脸上微红了一阵，倒没有怎么太扭捏，爽爽快快地说：

"妈妈说的是。但求妈妈依我一件：钱，由妈妈定；人，要由我自己选。"

"你要选一个什么样的？"

"要一个有情的。"

"有钱的、有势的，好找。有情的，没有。"

"这是我一辈子头一回。哪怕跟这个人过一夜，也就心满意足了。以后，就顾不了许多了。"

蔡妈妈看看这棵摇钱树，寻思了一会，说：

"好，钱由我定，人由你选，不过得有个期限：一年，一年之内，由你，过了一年，由我！今天是三月十四。"

于是瑞云开门见客。

蔡妈妈定例，上楼小坐，十五两，见面贽礼不限。

王孙公子、达官贵人、富商巨贾，纷纷登门求见。瑞云一一接待。贽礼厚的，陪着下一局棋，或当场画一个小条幅、一把扇面。贽礼薄的，敬一杯香茶而已。这些狎客对瑞云各有品评。有的说是清水芙蓉，有的说是未放梨蕊，有的说是一块羊脂玉，一传十，十传百，瑞云身价渐高，成了杭州红极一时的名妓。

余杭贺生，素负才名，家道中落，二十未娶，偶然到西湖闲步，见一画舫，飘然而来。中有美人，低头吹箫。岸上游人，纷纷指点："瑞云！瑞云！"贺生不觉注目，画舫已经远去，贺生还在痴立。回到寓所，茶饭无心。想了一夜，备了一份薄薄的贽礼，往瑞云院中求见。

原来以为瑞云阅人已多，一定不把他这寒酸当一回事，不想一见之后，瑞云款待得很殷勤。亲自涤器烹茶，问长问短。问余杭有什么山水，问他家里都有什么人，问他二十岁了为什么还不娶妻……语声柔细，眉目含情。有时默坐，若有所思。贺生觉得坐得太久了，应该知趣，起身将欲告辞。瑞云拉住他的手，说："我送你一首诗。"诗曰：

　　何事求浆者，蓝桥叩晓关。
　　有心寻玉杵，端只在人间。

贺生得诗狂喜，还想再说点什么，小丫头来报："客到！"贺生只好仓促别去。

贺生回寓，把诗展读了无数遍，才夹到一本书里，过一会，又抽出来看看。瑞云分明属意于我，可是玉杵向哪里去寻？

过一二日，实在忍不住，备了一份赞礼，又去看瑞云。听见他的声音，瑞云揭开门帘，把他让进去，说：

"我以为你不来了。"

"想不来，还是来了！"

瑞云很高兴。虽然只见了两面，已经好像很熟了。山南海北，琴棋书画，无所不谈。瑞云从来没有和人说过那么多的话，贺生也很少说话说得这样聪明。不知不觉，炉内香灰堆积，帘外落花渐多。瑞云把座位移近贺生，悄悄地说：

"你能不能想一点办法，在我这里住一夜？"

贺生说："看你两回，于愿已足。肌肤之亲，何敢梦想！"

他知道瑞云和蔡妈妈有成约：人由自选，价由母定。

瑞云说："娶我，我知道你没这个能力。我只是想把女儿身子交给你。以后你再也不来了，山南海北，我老想着你，这也不行么？"

贺生摇头。

两个再没有话了，眼对眼看着。

楼下蔡妈妈大声喊：

"瑞云！"

瑞云站起来，执着贺生的两只手，一双眼泪滴在贺生手背上。

贺生回去，辗转反侧。想要回去变卖家产，以博一宵之欢；又想到更尽分别，各自东西，两下牵挂，更何以堪。想到这里，热念都消。咬咬牙，再不到瑞云院里去。

蔡妈妈催着瑞云择婿。接连几个月，没有中意的。眼看花朝已过，离三月十四没有几天了。

这天，来了一个秀才，坐了一会，站起身来，用一个指头在瑞云额头上按了一按，说:"可惜，可惜!"说完就走了。瑞云送客回来，发现额头有一个黑黑的指印。越洗越真。

而且这块黑斑逐渐扩大，几天的工夫，左眼的上下眼皮都黑了。

瑞云不能再见客。蔡妈妈拔了她的簪环首饰，剥了上下衣裙，把她推下楼来，和老妈子丫头一块干粗活。瑞云娇养惯了，身子又弱，怎么受得了这个!

贺生听说瑞云遭了奇祸，特地去看看。瑞云蓬着头，正在院里拔草。贺生远远喊了一声:"瑞云!"瑞云听出是贺生的声音，急忙躲到一边，脸对着墙壁。贺生连喊了几声，瑞云就是不回头。贺生一头去找到蔡妈妈，说是愿意把瑞云赎出来。瑞云已经是这样，蔡妈妈没有多要身价银子。贺生回余杭，变卖了几亩田产，向蔡妈妈交付了身价，一乘花轿把瑞云抬走了。

到了余杭，拜堂成礼。入了洞房后，瑞云乘贺生关房门的工夫，自己揭了盖头，一口气，噗，噗，把两枝花烛吹灭了。贺生知道瑞云的心思，并不嗔怪。轻轻走拢，挨着瑞云在床沿坐下。

瑞云问："你为什么娶我？"

"以前，我想娶你，不能。现在能把你娶回来了，不好么？"

"我脸上有一块黑。"

"我知道。"

"难看么？"

"难看。"

"你说了实话。"

"看看就会看惯的。"

"你是可怜我么？"

"我疼你。"

"伸开你的手。"

瑞云把手放在贺生的手里。贺生想起那天在院里瑞云和他执手相看，就轻轻抚摸瑞云的手。

瑞云说："你说的是真话。"接着叹了一口气，"我已经不是我了。"

贺生轻轻咬了一下瑞云的手指："你还是你。"

"总不那么齐全了！"

"你不是说过，愿意把身子给我吗？"

"你现在还要吗？"

"要！"

两口儿日子过得很甜。不过瑞云每晚临睡，总把所有灯烛吹灭了。好在贺生已经逐渐对她的全身读得很熟，没灯胜似有灯。

花开花落，春去秋来。一窗细雨，半床明月。少年夫妻，如鱼如水。

贺生真的对瑞云脸上那块黑看惯了。他不觉得有什么难看。似乎瑞云脸上本来就有，应该有。

瑞云还是一直觉得歉然。她有时晨妆照镜，会回头对贺生说：

"我对不起你！"

"不许说这样的话！"

贺生因事到苏州，在虎丘吃茶。隔座是一个秀才，自称姓和，彼此攀谈起来。秀才听出贺生是浙江口音，便问：

"你们杭州，有个名妓瑞云，她现在怎么样了？"

"已经嫁人了。"

"嫁了一个什么样的人？"

"一个和我差不多的人。"

"真能类似阁下，可谓得人！——不过，会有人娶她么？"

"为什么没有？"

"她脸上——"

"有一块黑，是一个什么人用指头在她额头一按，留下的。这个人真不知道安的是什么心肠！——你怎么知道的？"

"实不相瞒，你说的这个人，就是在下。"

"你为什么要做这件事？"

"昔在杭州，也曾一觐芳仪，甚惜其以绝世之姿而

流落不偶，故以小术晦其光而保其璞，留待一个有
情人。"

"你能点上，也能去掉么？"

"怎么不能？"

"我也不瞒你，娶瑞云的，便是小生。"

"好！你别具一双眼睛，能超出世俗媸妍，是个有
情人！我这就同你到余杭，还君一个十全的佳妇。"

到了余杭，秀才叫贺生用铜盆打一盆水，伸出中指，
在水面写写画画，说："洗一洗就会好的。好了，
须亲自出来一谢医人。"

贺生笑说："那当然！"贺生捧盆入内室，瑞云掬
水洗面，面上黑斑随手消失，晶莹洁白，一如当年，

瑞云照照镜子，不敢相信，反复照视，大叫一声：
"这是我！这是我！"

夫妻二人，出来道谢，一看，秀才没有了。

这天晚上，瑞云高烧红烛，剔亮银灯。

贺生不像瑞云一样欢喜，明晃晃的灯烛，粉扑扑的
嫩脸，他觉得不惯。他若有所失。

瑞云觉得他的爱抚不像平日那样温存，那样真挚，
她坐起来，轻轻地问：

"你怎么了？"

一九八七年八月一日　北京

原载《人民文学》一九八八年第三期

瑞云，杭之名妓，色艺无双。年十四岁，其母蔡媪，将使出应客。瑞云告曰："此奴终身发轫之始[注1]，不可草草。价由母定，客则听奴自择之。"媪曰："诺。"乃定价十五金，遂日见客。客求见者必以贽，贽厚者，接一弈，酬一画；薄者，留一茶而已。瑞云名噪已久，自此富商贵介，日接于门。

余杭贺生，才名夙著，而家仅中资。素仰瑞云，固未敢拟同鸳梦，亦竭微贽，冀得一睹芳泽。窃恐其阅人既多，不以寒畯[注2]在意。及至相见，一谈，而款接殊殷。坐语良久，眉目含情，作诗赠生曰："何事求浆者，蓝桥叩晓关？有心寻玉杵，

注1　发轫之始：此处指妓女初次接客。

注2　寒畯：指贫穷的读书人。

端只在人间。"[注1]生得之狂喜，更欲有言，忽小鬟来白"客至"，生仓猝遂别。既归，吟玩诗词，梦魂萦扰。过一二日，情不自已，修贽复往。瑞云接见良欢。移坐近生，悄然谓："能图一宵之聚否？"生曰："穷踧之士，惟有痴情可献知己。一丝之贽，已竭绵薄。得近芳容，意愿已足；若肌肤之亲，何敢作此梦想。"瑞云闻之，戚然不乐，相对遂无一语。生久坐不出，媪频唤瑞云以促之，生乃归。心甚邑邑，思欲罄家以博一欢，而更尽而别，此情复何可耐？筹思及此，热念都消，由是音息遂绝。

瑞云择婿数月，更不得一当。媪颇恚，将强夺之，而未发也。一日，有秀才投贽，坐语少时便起，以一指按女额曰："可惜，可惜！"遂去。瑞云送客返，共视额上有指印黑如墨，濯之益真。过数日，墨痕渐阔；年余，连颧彻准[注2]矣。见者辄笑，而车马之迹以绝。媪斥去妆饰，使与婢辈

注1 这首诗典出唐代裴铏所著《传奇》中的《裴航》。裴航以玉杵臼为聘礼，娶云英仙去，后世便以玉杵指求婚之聘礼。这里，瑞云以裴航、云英的爱情故事作比，向贺生传递信息：你为裴航，我即云英，待你觅得聘礼，与我相会。

注2 连颧彻准：（墨痕）布满左右颧骨和上下鼻梁。准：鼻梁。

伍。瑞云又荏弱，不任驱使，日益憔悴。贺闻而过之，见蓬首厨下，丑状类鬼。举首见生，面壁自隐。贺怜之，便与媪言，愿赎作妇。媪许之。贺货田倾装，买之而归。入门，牵衣揽涕，且不敢以伉俪自居，愿备妾媵，以俟来者。贺曰："人生所重者知己。卿盛时犹能知我，我岂以衰故忘卿哉！"遂不复娶。闻者共姗笑之，而生情益笃。

居年余，偶至苏，有和生与同主人^{注1}，忽问："杭有名妓瑞云，近如何矣？"贺以适人对。又问："何人？"曰："其人率与仆等^{注2}。"和曰："若能如君，可谓得人矣。不知价几何许？"贺曰："缘有奇疾，姑从贱售耳。不然，如仆者，何能于构栏中买佳丽哉！"又问："其人果能如君否？"贺以其问之异，因反诘之。和笑曰："实不相欺，昔曾一觑其芳仪，甚惜其以绝世之姿，而流落不偶。故以小术晦其光而保其璞，留待怜才者之真鉴耳。"贺急问曰："君能点之，亦能涤之否？"和笑曰："乌得不能？但须其人一诚求耳！"贺起拜曰："瑞云之婿，即某是也。"和喜曰："天下惟真才人为能多情，不以妍媸易念也。请从君归，便赠一佳人。"遂与同返。既至，贺将命

注1　与同主人：和他同住一处。主人：旅居的房东。
注2　率与仆等：和我差不多。仆：我。

酒。和止之曰："先行吾法，当先令治具者^{注1}有欢心也。"即令以盥器贮水，戟指而书之，曰："濯之当愈。然须亲出一谢医人也。"贺笑捧而去，立俟瑞云自靧^{注2}之，随手光洁，艳丽一如当年。夫妇共德之，同出展谢，而客已渺，遍觅之不得，意者其仙欤？

注1　治具者：准备酒食之人，指瑞云。

注2　靧（huì），洗脸。

【聊斋志异·瑞云】 于受万　绘

卯齋志异

已久自此富商贵介日接於门馀杭贺生才名夙著而家僅中貲素仰瑞云圈

未敢擬同鸳梦亦竭微貲冀得一睹芳泽顾恐其阅人既多不以寒畯在意

及至相见一談而欢殊慰坐語良久眉目含情作詩贈生曰何事求浆若藍橋

叩曉闻有心寻玉杵端只在人間生得之狂喜更欲有言忽小鬟来白客生倉

猝遂别既归吟玩詩詞夢魂縈擾過二日情不自已修贄復往瑞云接見

良懽移坐近生俏然謂能圖一宵之聚否生曰窮踧之士惟有痴情可献知已

一絲之聲已竭綿薄得近芳容意願已足若肌膚亲爱何敢作此夢想瑞云

聞之戚然不樂相對逾無一語久坐不出媪頻唤瑞云以促之生乃归心甚

邑邑思欲罄家以博一權而更盡而别此情復何可耐審思及此熱念都消由

六十

邑陸氏止之為散粟于里黨斂貲償謝以車送兩人婦三郎寶告父母與兄析

居阿織出私金日建倉廩而家中尚無儋石共奇之年餘駰視則倉中盈矣未

數年家大富而山苦貧女移姑自養之輒以金粟周兄狃以為常三郎喜曰

卿可云不念舊惡矣女曰彼自愛弟耳且非渠妾何緣識三郎故後亦無甚怵

異

瑞雲

瑞雲杭之名妓色藝無雙年十四歲其母蔡媼將使出應客瑞雲告曰此奴終

身發軔之始不可草草價由母定客則聽奴自擇之媼曰諾乃定價十五金遂

日見客以求見者必以贄厚者接一奕酬一畫薄者當一茶而已瑞雲名噪

能如君可謂得人矣不知價幾何許賀曰緣有奇疾姑從賤售耳二姝僕事詩

何能拾枸欄中買佳麗哉又阿其人果能如君否賀以其阿之異因反詰之和

笑曰寶不相欺昔曾一覩其芳儀甚惜其以絕世之姿而流落不偶故以小術

晦其光而保其璞留待憐才若之真鑒耳賀急阿曰君能憐之亦能滌之否和

笑曰焉得不能但洵其人一誠求耳和起作曰瑞雲之婚即某是也和喜曰天下

惟真才人為能多情不以妍媸易念也請從君婦便贈一佳人遂與同返既呈

賀將命酒和止之曰先行吾法當先令治具者有懼心也即令以盟器即水戰

指而書之曰濯之當愈煦親出一謝醫人也賀笑捧而去立俟瑞雲自髓之

隨手光潔艷麗一如當年夫婦共德之同出展謝而客已洲徧覔之不可得意

聊齋志異

聊齋志異

是音臭逐絕瑞雲擇婿數月更不得一當媼頗志將強奪之而未發也一日有

秀才投贄坐語少時便起以一指按女額曰可惜可惜遂去瑞雲送客返共視

額上有指印黑如墨濯之益真過數日墨痕漸闊年餘連顴徹準矣見者輒笑

而車馬之跡以絕媼斥去妝飾便與婢輩伍瑞雲又荏弱不任驅使日益憔悴

賀聞而過之見蓬首廚下醜狀類鬼舉首見生面壁自隱賀憐之便與媼言願

贖作媚媼許之賀貨田傾裝買之而歸入門牽衣攬涕且不敢以伉儷自居願

備妾媵以俟來者賀曰人生所重者知已卿盛時猶能知我豈以衰故忘卿哉

遂不復娶聞者共姍笑之而生情益篤居年餘偶至蘇有和生與同主人忽聞

杭有名妓瑞雲近如何矣賀以適人對又問何人曰其人率與僕等和曰若

若其仙欤

仇大娘

聊齋誌異

仇仲晉人忘其郡邑值大亂為寇俘去二子福祿俱幼繼室邵氏撫雙孤遺業
幸能溫飽而歲屢祲寇有復凌藉之遂至食息不保仲叔嘗廉利其嫁屢
勸駕而邵氏矢志不搖廉隙劵於大姓欲強奪之閱說已成而他人不之知也
里人魏名凤狡獪會與仲家積不相能事思中傷之因邵募傭造浮言以相敗
厚大姓聞之騖其懷德而止之廉之陰謀與外之飛語聞之寇結骨懷
朝夕隕涕四隣漸以不仁委身床楊福南十六歲因經紇無人姱意為里姻婦
姜秀才此瞎之女頗桝醫能百事賴以經紇由此用漸裕仍使祿從師讀魂悬

黄英

改写自《聊斋志异·黄英》

马子才，顺天人。几代都爱菊花。到了子才，更是
爱菊如命。听说什么地方有佳种，一定得买到。千
里迢迢，不辞辛苦。一天，有金陵客人寄住在马家，
看了子才种的菊花，说他有个亲戚，有一二名种，
为北方所无。马子才动了心，即刻打点行李，跟这
位客人到了金陵。客人想方设法，给他弄到两苗菊
花芽。马子才如获至宝，珍重裹藏，捧在手里，骑
马北归。半路上，遇见一个少年，赶着一辆精致的
轿车。少年眉清目秀，风姿洒落。他好像刚刚喝了
酒，酒气中有淡淡的菊花香。一路同行，子才和少
年就搭了话。少年听出马子才的北方口音，问他到
金陵做什么来了，手里捧着的是什么。子才如实告
诉少年，说手里这两苗菊花芽好不容易才弄到，这
是难得的名种。少年说：

"种无不佳，培溉在人。人即是花，花即是人。"

马子才似懂非懂，问少年要往哪里去。少年说："姐

姐不喜欢金陵，将到河北找个合适的地方住下。"
马子才问："找了房没有？"——"到了再说吧。"
子才说："我看你们就甭费事了。我家里还有几间
闲房，空着也是空着，你们不如就在我那儿住着，
我也好请教怎样'培溉'菊花。"少年说："得跟我
姐姐商量商量。"他把车停住，把马子才的意思向
姐姐说了。车里的人推开车帘说话。原来是二十来
岁的一位美人。说：

"房子不怕窄憋，院子得大一些。"

子才说："我家有两套院子，我住北院，南院归
你们。两院之间有个小板门。愿意来坐坐，拍拍
门，随时可以请过来。平常尽可落闩下锁，互不
相扰。"

"这样很好。"

谈了半日，才互通姓名。少年姓陶，姐姐小字黄英。

两家处得很好，马子才发现，陶家好像不举火，经常是从外面买点烧饼馃子就算一餐，就三天两头请他们过来便饭。这姐弟二人倒也不客气，一请就到。有一天陶对马说："老兄家道也不是怎么富足的，我们老是吃你们，长了，也不是个事。咱们合计合计，我看卖菊花也能谋生。"马子才素来自命清高，听了陶生的话很不以为然，说："这是以东篱为市井，有辱黄花！"陶笑笑，说："自食其力不为贫，贩花为业不为俗。"马子才不再说话。陶生也还常常拍拍板门，过来看看马子才种的菊花。

子才种菊，十分勤奋。风晨雨夜，科头赤足，他又挑剔得很严，残枝劣种，都拔出来丢在地上。他拿了把竹扫帚，打算扫到沟里，让它们顺水漂走。陶生说："别！"他把这些残枝劣种都捡起来，抱到南院。马子才心想：这人并不懂种菊花！

没多久，到了菊花将开的月份，马子才听见南院人声嘈杂，闹闹嚷嚷，简直像是香期庙会：这是咋回事？扒在板门上偷觑：喝！都是来买花的。用车子装的、背着的、抱着的，缕缕不绝。再一看那些花，都是见都没见过的异种。心想：他真的卖起菊花来了。这么多的花，得卖多少钱？此人俗，且贪！交不得！又恨他秘着佳本，不叫自己知道，太不够朋友。于是拍拍板门，想过去说几句不酸不咸的话，叫这小子知道：马子才既不贪财，也不可欺。陶生听见拍门，开开门，拉着子才的手，把他拽了过来。子才一看，荒庭半亩，都已辟为菊畦，除了那几间旧房，没有一块空地，到处都是菊花。多数憋了骨朵，少数已经半开。花头大，颜色好，杆粗，叶壮，比他自己园里种的，强百倍。问："你这些花秧子是哪里淘换来的？"陶生说："你细看看！"子才弯腰细看：似曾相识。原来都是自己拔弃的残枝劣种。于是想好的讥诮的话都忘了，直想问问："你把菊花种得这样好，有什么诀窍？"陶生转身进了屋，不大会，搬出一张矮桌，就放在菊畦旁边。又进屋，拿出酒菜，说："我不想富，也不想穷，我不能那样清高。连日卖花，得了一些钱。你来了，今天咱们喝两盅。"陶生酒量大，用大杯。马子才只能小杯陪着。正喝着，听见屋里有人叫："三郎！"是黄英的声音。"少喝点，小心吓着马先生。"陶生答道："知道了。"几杯落肚，马子才问："你说过'种无不佳，培溉在人'，你到底有什么法子能把花种成这样？"陶生说：

"人即是花，花即是人。花随人意。人之意即花之意。"

马子才还是不明白。

陶生豪饮，从来没见他大醉过。子才有个姓曾的朋友，酒量极大，没有对手。有一天，曾生来，马子才就让他们较量较量。二位放开量喝，喝得非常痛快。从早晨一直喝到半夜。曾生烂醉如泥，靠在椅子上呼呼大睡。陶生站起，要回去睡觉，出门踩了菊花畦，一跤摔倒。马子才说："小心！"一看人没了，只有一堆衣裳落在地上，陶生就地化成一棵菊花，一人高，开着十几朵花，花都有拳大。马子才吓坏了，赶紧去告诉黄英。黄英赶来，把菊花拔起来，放倒在地上，说："怎么醉成这样！"拿起陶生的衣裳，把菊花盖住，对马子才说："走，别看！"到了天亮，马子才过去看看，只见陶生卧在菊畦边，睡得正美。

于是子才知道：这姐弟二人都是菊花精。

陶生已经露了行迹，也就不避子才，酒喝得越来越放纵。常常自己下个短帖，约曾生来共饮，二位酒友，成了莫逆。

二月十二，花朝。曾生着两个仆人抬了一坛百花酒，说："今天咱们俩把这坛酒都喝了！"一坛酒快完了，两人都还不太醉。马子才又偷偷往坛里续了几斤白酒。俩人又都喝了。曾生醉得不省人事，由仆人背回去了。陶生卧在地上，又化为菊花。马见惯不惊，就如法炮制，把菊花拔起来，守在旁边，看他怎么再变过来。等了很久，看见菊花叶子越来越憔悴，坏了！赶紧去告诉黄英，黄英一听："啊？！——你杀了我弟弟了！"急急奔过来看，菊花根株已枯。黄英大哭，掐了还有点活气的菊花梗，埋在盆里，携入闺中，每天灌溉。

盆里的花渐渐萌发。九月，开了花，短干粉朵，闻闻，有酒香。浇以酒，则茂。

这个菊种，渐渐传开。种菊人给起了个名字，叫"醉陶"。

一年又一年，黄英也没有什么异状，只是她永远像二十来岁，永远不老。

一九八七年九月十一日　爱荷华

原载《人民文学》一九八八年第三期

马子才，顺天^{注1}人。世好菊，至才尤甚。闻有佳种，必购之，千里不惮。一日，有金陵客寓其家，自言其中表^{注2}亲有一二种，为北方所无。马欣动，即刻治装，从客至金陵。客多方为之营求，得两芽，裹藏如宝。

归至中途，遇一少年，跨蹇从油碧车^{注3}，丰姿洒落。渐近与语。少年自言："陶姓。"谈言骚雅。因问马所自来，实告之。少年曰："种无不佳，培溉在人。"因与论艺菊之法。马大悦，问："将何往？"答云："姊厌金陵，欲卜居于河朔耳。"马欣然曰："仆虽固贫，茅庐可以寄榻。不嫌荒陋，无烦他适。"陶趋车前，向姊咨禀。车中人

注1　顺天：顺天府，相当于今北京市辖区。
注2　中表：指与祖父、父亲的姐妹的子女的亲戚关系，或与祖母、母亲的兄弟姐妹的子女的亲戚关系。
注3　油碧车：古代一种车壁用油涂饰的车子，多为妇女乘坐。

推帘语，乃二十许绝世美人也。顾弟言："屋不厌卑，而院宜得广。"马代诺之，遂与俱归。

第南有荒圃，仅小室三四椽，陶喜居之。日过北院，为马治菊。菊已枯，拔根再植之，无不活。然家清贫，陶日与马共食饮，而察其家似不举火。马妻吕，亦爱陶姊，不时以升斗馈恤之。陶姊小字黄英，雅善谈，辄过吕所，与共紃绩。

陶一日谓马曰："君家固不丰，仆日以口腹累知交，胡可为常？为今计，卖菊亦足谋生。"马素介，闻陶言，甚鄙之，曰："仆以君风流高士，当能安贫；今作是论，则以东篱为市井，有辱黄花矣。"陶笑曰："自食其力不为贪，贩花为业不为俗。人固不可苟求富，然亦不必务求贫也。"马不语，陶起而出。

自是，马所弃残枝劣种，陶悉掇拾而去。由此不复就马寝食，招之始一至。未几，菊将开，闻其门嚣喧如市。怪之，过而窥焉，见市人买花者，车载肩负，道相属也。其花皆异种，目所未睹。心厌其贪，欲与绝，而又恨其私秘佳本，遂款其扉，将就诮让。陶出，握手曳入。见荒庭半亩皆菊畦，数椽之外无旷土。劚^{注1}去者，则折别枝

注1　劚（zhú）：掘取。

插补之。其蓓蕾在畦者，罔不佳妙，而细认之，皆向所拔弃也。陶入屋，出酒馔，设席畦侧，曰："仆贫不能守清戒，连朝幸得微赀，颇足供醉。"少间，房中呼"三郎"，陶诺而去。俄献佳肴，烹饪良精。因问："贵姊胡以不字？"答云："时未至。"问："何时？"曰："四十三月。"又诘："何说？"但笑不言，尽欢始散。

过宿，又诣之，新插者已盈尺矣。大奇之，苦求其术。陶曰："此固非可言传。且君不以谋生，焉用此？"又数日，门庭略寂，陶乃以蒲席包菊，捆载数车而去。逾岁，春将半，始载南中异卉而归。于都中设花肆，十日尽售，复归艺菊。问之去年买花者，留其根，次年尽变而劣，乃复购于陶。陶由此日富。一年增舍，二年起夏屋。兴作从心，更不谋诸主人。渐而旧日花畦，尽为廊舍。更于墙外买田一区，筑墉[注1]四周，悉种菊。至秋，载花去，春尽不归。

而马妻病卒。意属黄英，微使人风示之。黄英微笑，意似允许，惟专候陶归而已。年余，陶竟不至。黄英课仆种菊，一如陶。得金益合商贾，村外治膏田二十顷，甲第益壮。忽有客自东粤来，

注1　墉：土墙。

寄陶生函信，发之，则嘱姊归马。考其寄书之日，即妻死之日。回忆园中之饮，适四十三月也。大奇之，以书示英，请问"致聘何所"，英辞不受采。又以故居陋，欲使就南第居，若赘焉。马不可。择日行亲迎礼。黄英既适马，于间壁开扉通南第，日过课其仆。马耻以妻富，恒嘱黄英作南北籍[注1]，以防淆乱。而家所需，黄英辄取诸南第。不半岁，家中触类皆陶家物。马立遣人一一赍还之，戒勿复取。未浃旬，又杂之。凡数更，马不胜烦。黄英笑曰："陈仲子[注2]毋乃劳乎？"马惭，不复稽，一切听诸黄英。鸠工庀料[注3]，土木大作，马不能禁。经数月，楼舍连亘，两第竟合为一，不分疆界矣。然遵马教，闭门不复业菊，而享用过于世家。

马不自安，曰："仆三十年清德，为卿所累。今视息人间[注4]，徒依裙带而食，真无一毫丈夫气矣。人皆祝富，我但祝穷耳！"黄英曰："妾非贪鄙，

注1　南北籍：指南北两个宅子各立账簿。
注2　陈仲子：战国时齐国人，有气节。《淮南子·汜论训》云："季襄、陈仲子立节抗行，不入洿君之朝，不食乱世之食，遂饿而死。"此处比喻马子才过分追求廉洁，不免迂腐。
注3　鸠工庀料：招集工匠，准备材料。庀：准备、具备。
注4　视息人间：指活在世上。

但不少致丰盈，遂令千载下人，谓渊明[注1]贫贱骨，百世不能发迹，故聊为我家彭泽[注2]解嘲耳。然贫者愿富，为难；富者求贫，固亦甚易。床头金任君挥去之，妾不靳也。"马曰："捐他人之金，抑亦良丑。"黄英曰："君不愿富，妾亦不能贫也。无已，析君居。清者自清，浊者自浊，何害？"乃于园中筑茅茨，择美婢往侍马。马安之。然过数日，苦念黄英。招之，不肯至；不得已，反就之。隔宿辄至，以为常。黄英笑曰："东食西宿，廉者当不如是。"马亦自笑，无以对，遂复合居如初。

会马以事客金陵，适逢菊秋。早过花肆，见肆中盆列甚繁，款朵佳胜，心动，疑类陶制。少间，主人出，果陶也。喜极，具道契阔，遂止宿焉。要之归。陶曰："金陵，吾故土，将婚于是。积有薄赀，烦寄吾姊。我岁杪当暂去。"马不听，请之益苦。且曰："家幸充盈，但可坐享，无须复贾。"坐肆中，使仆代论价，廉其直，数日尽售。逼促囊装，赁舟遂北。入门，则姊已除舍，床榻裀褥皆设，若预知弟也归者。

陶自归，解装课役，大修亭园，惟日与马共棋

注1　渊明：指东晋诗人陶渊明。
注2　彭泽：县名，陶渊明曾做该地县令。

酒，更不复结一客。为之择婚，辞不愿。姊遣两婢侍其寝处，居三四年，生一女。陶饮素豪，从不见其沉醉。有友人曾生，量亦无对。适过马，马使与陶相较饮。二人纵饮甚欢，相得恨晚。自辰^{注1}以讫四漏^{注2}，计各尽百壶。曾烂醉如泥，沉睡座间。陶起归寝，出门践菊畦，玉山倾倒，委衣于侧，即地化为菊，高如人；花十余朵，皆大如拳。马骇绝，告黄英。英急往，拔置地上，曰："胡醉至此！"覆以衣，要马俱去，戒勿视。既明而往，则陶卧畦边。马乃悟姊弟菊精也，益爱敬之。而陶自露迹，饮益放，恒自折柬招曾，因与莫逆。值花朝^{注3}，曾来造访，以两仆舁药浸白酒一坛，约与共尽。坛将竭，二人犹未甚醉。马潜以一瓻^{注4}续入之，二人又尽之。曾醉已惫，诸仆负之以去。陶卧地，又化为菊。马见惯不惊，如法拔之，守其旁以观其变。久之，叶益憔悴。大惧，始告黄英。英闻骇曰："杀吾弟矣！"奔视之，根株已枯。痛绝，掐其梗，埋盆中，携入闺中，日灌溉之。马悔恨欲绝，甚怨曾。越数日，闻曾已醉死矣。盆中花渐萌，九月既开，短

注1　辰：辰时，又称为食时、早食，指早晨7点到9点。
注2　四漏：指四更，凌晨1点到3点。
注3　花朝：指花朝节，一般于农历二月初二、二月十二或二月十五举行。
注4　瓻（chī）：古代陶制酒器。

干粉朵，嗅之有酒香，名之"醉陶"，浇以酒则茂。后女长成，嫁于世家。黄英终老，亦无他异。

异史氏曰："青山白云人，遂以醉死。世尽惜之，而未必不自以为快也。植此种于庭中，如见良友，如对丽人，不可不物色之也。"

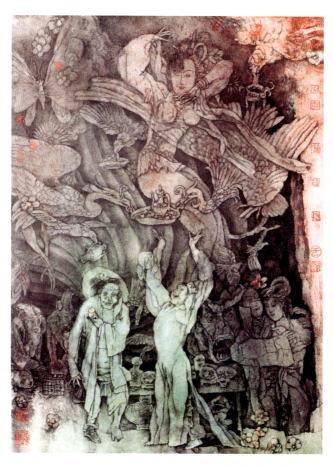

于受万绘《聊斋志异·丐仙》

【聊斋志异·黄英】 于受万 绘

黄英

马子才

蛐蛐

改写自《聊斋志异·促织》

宣德年间，宫里兴起了斗蛐蛐。蛐蛐都是从民间征来的。这玩意陕西本不出。有那么一位华阴县令，想拍拍上官的马屁，进了一只。试斗了一次，不错，贡到宫里。打这儿起，传下旨意，责令华阴县每年往宫里送。县令把这项差事交给里正。里正哪里去弄到蛐蛐？只有花钱买。地方上有一些不务正业的混混，弄到好蛐蛐，养在金丝笼里，价钱抬得很高。有的里正，和衙役勾结在一起，借了这个名目，挨家挨户，按人口摊派。上面要一只蛐蛐，常常害得几户人家倾家荡产。蛐蛐难找，里正难当。

有个叫成名的，是个童生，多年也没有考上秀才，为人很迂，不会讲话。衙役瞧他老实，就把他报充了里正。成名托人情，送蒲包，磕头，作揖，不得脱身。县里接送来往官员，办酒席，敛程仪，要民夫，要马草，都朝里正说话。不到一年的工夫，成名的几亩薄产都赔进去了。一出暑伏，按每年惯例，该征蛐蛐了，成名不敢挨户摊派，自己又实在变卖不出这笔钱。每天烦闷忧愁，唉声叹气，跟老伴说："我想死的心都有了。"老伴说："死，管用吗？买不起，自己捉！说不定能把这项差事应付过去。"成名说："是个办法。"于是提了竹筒，拿着蛐蛐罩，破墙根底下，烂砖头堆里，草丛里，石头缝里，到处翻，找。清早出门，半夜回家。鞋磨破了，胳膝盖磨穿了，手上，脸上，叫葛针拉出好多血道道，无济于事。即使捕得三两只，又小又弱，不够分量，不上品。县令限期追比，交不上蛐蛐，二十板子。十多天下来，成名挨了百十板，两条腿脓血淋漓，没有一块好肉了。走不能走，哪能再捉蛐蛐呢？躺在床上，翻来覆去，除了自尽，别无他法。

迷迷糊糊做了一个梦，梦见一座庙，庙后小山下怪石乱卧，荆棘丛生，有一只"青麻头"伏着。旁边有一只癞蛤蟆，将蹦未蹦。醒来想想：这是什么地方？猛然省悟：这不是村东头的大佛阁么？他小时候逃学，曾到那一带玩过。这梦有准么？那里真会有一只好蛐蛐？管它的！去碰碰运气。于是挣扎起来，拄着拐杖，往村东去。到了大佛阁后，一带都是古坟，顺着古坟走，蹲着伏着一块一块怪石，就跟梦里所见的一样。是这儿？——像！于是在蒿莱草莽之间，轻手轻脚，侧耳细听，凝神细看，听力目力都用尽了，然而听不到蛐蛐叫，看不见蛐蛐的影子。忽然，蹦出一只癞蛤蟆。成名一愣，赶紧追！癞蛤蟆钻进了草丛。顺着方向，拨开草丛，一只蛐蛐在刺棘根旁伏着，快扑！蛐蛐跳进了石穴。用尖草撩它，不出来，用随身带着的竹筒里的水灌，这才出来。好模样！蛐蛐蹦，成名追，罩住了，细看看：个头大，尾巴长，青脖子，金翅膀。大叫一声："这可好了！"一阵狂欢喜，腿上的棒伤也似轻松了一些。提着蛐蛐笼，快步回家。举家庆贺，老伴破例给成名打了二两酒。家里有蛐蛐罐，垫上点过了箩的细土，把宝贝养在里面。蛐蛐爱吃什么？栗子、菱角、螃蟹肉。买！净等着到了期限，好见官交差。这可好了：不会再挨板子，剩下的房产田地也能保住了，蛐蛐在罐里叫哩，矍矍矍矍……

成名有个儿子，小名叫黑子，九岁了，非常淘气，上树掏鸟窝蛋，下河捉水蛇，飞砖打恶狗，爱捅马蜂窝。性子倔，爱打架，比他大几岁的孩子也都怕他，因为他打起架来拼命，拳打脚踢带牙咬。三天两头，有街坊邻居来告"妈妈状"。成名夫妻，就这么一个儿子，只能老给街坊们赔不是，不忍心重棒打他，成名得了个这只救命蛐蛐，再三告诫黑子："不许揭开蛐蛐罐，不许看，千万！千万！"

不说还好，说了，黑子还非看看不可，他瞅着父亲不在家，偷偷揭开蛐蛐罐。腾！——蛐蛐蹦出罐外，黑子伸手一扑，用力过猛，蛐蛐大腿折了，肚子破了——死了，黑子知道闯了大祸，哭着告诉妈妈，妈妈一听，脸色煞白："你个孽障！你甭想活了！

你爹回来，看他怎么跟你算账！"黑子哭着走了。成名回来，老伴把事情一说，成名掉在冰窟窿里了。半天，说："他在哪儿？"找。到处找遍了，没有。做妈的忽然心里一震：莫非是跳了井？扶着井栏一看，有个孩子，请街坊帮忙，把黑子捞上来，已经死了，这时候顾不上生气，只觉得悲痛。夫妻二人，傻了一样，傻坐着，你看看我，我看看你，找不到一句话。这天他们家烟筒没冒烟，哪里还有心思吃饭呢。天黑了，把儿子抱起来，准备用一张草席卷卷埋了。摸摸胸口，还有点温和；探探鼻子，还有气。先放到床上再说吧。半夜里，黑子醒过来了，睁开了眼，夫妻二人稍得安慰，只是眼神发呆，睁眼片刻，又合上眼，昏昏沉沉地睡了。

蛐蛐死了，儿子这样，成名瞪着眼睛到天亮。

天亮了，忽然听到门外蛐蛐叫，成名跳起来，远远一看，是一只蛐蛐，心里高兴，捉它！蛐蛐叫了一声：嚯，跳走了，跳得很快，追。用手掌一掳，好像什么也没有，空的，手才举起，又分明在，跳得老远。急忙追，折过墙角，不见了。四面看看，蛐蛐伏在墙上。细一看，个头不大，黑红黑红的。成名看它小，瞧不上眼。墙上的小蛐蛐，忽然落在他的袖口上。看看：小虽小，形状特别，像一只土狗子，梅花翅，方脑袋，好像不赖。将就着吧。右手轻轻捏住蛐蛐，放在左手掌里，两手相合，带回家里。心想拿他交差，又怕县令看不中，心里没底，就想试着斗一斗，看看行不行，村里有个小伙子，是个玩家，走狗斗鸡，提笼架鸟，样样在行，他养着一只蛐蛐，自名"蟹壳青"，每天找一些少年子弟斗，百战百胜。他把这只"蟹壳青"居为奇货，索价很高，也没人买得起，有人传出来，说成名得了一只蛐蛐，这小伙子就到成家拜访，要看看蛐蛐。一看，掳着嘴笑了：这也叫蛐蛐！于是打开自己的蛐蛐罐，把蛐蛐赶进"过笼"里，放进斗盆。成名一看，这只蛐蛐大得像一只油葫芦，就含糊了，不敢把自己的拿出来。小伙子存心看个笑话，再三说："玩玩嘛，咱又不赌输赢。"成名一想，反正养这么只孬玩意也没啥用，逗个乐！于是把黑蟋蟀也放进斗盆。小蟋蟀趴着不动，蔫哩巴唧，小伙子又大笑。使猪鬃撩拨它的须须，还是不动！小伙子又大笑。撩它，再撩它！黑蟋蟀忽然暴怒，后腿一挺，直蹿过来。俩蟋蟀这就斗开了，冲、撞、腾、击，劈里卜碌直响。忽见小蟋蟀跳起来，伸开须须，翘起尾巴，张开大牙，一下子钳住大蟋蟀的脖子。大蟋蟀脖子破了，直流水。小伙子赶紧把自己的蟋蟀装进过笼，说："这小家伙真玩命呀！"小蟋蟀摆动着须须，"矍矍，矍矍"，扬扬得意。成名也没想到。他和小伙子正在端详这只黑红黑红的小蟋蟀，他们家的一只大公鸡斜着眼睛过来，上去就是一嘴。成名大叫了一声："啊呀！"幸好，公鸡没啄着，蟋蟀蹦出了一尺多远。公鸡一啄不中，撒腿紧追。眨眼之间，蟋蟀已经在鸡爪子底下了。成名急得不知怎么好，只是跺脚，再一看，公鸡伸长了脖子乱甩。唔？走近了一看，只见蛐蛐叮在鸡冠上，死死咬住不放，公鸡羽毛扎撒，双脚挣蹦。成名惊喜，把蛐蛐捏起来，放进笼里。

第二天，上堂交差。县太爷一看：这么个小东西，大怒："这，你不是糊弄我吗！"成名细说这只蛐蛐怎么怎么好，县令不信，叫衙役弄几只蛐蛐来试试。果然，都不是对手。又叫抱一只公鸡来，一斗，公鸡也败了。县令吩咐，专人送到巡抚衙门。巡抚大为高兴，打了一只金笼子，又命师爷连夜写了一通奏折，详详细细表叙了蛐蛐的能耐，把蛐蛐献进宫中。宫里有名有姓的蛐蛐多了，都是各省进贡来的。什么"蝴蝶""螳螂""油利挞""青丝额"……黑蛐蛐跟这些"名将"斗了一圈，没有一只能经得三个回合，全都不死即伤望风而逃。皇上龙颜大悦，下御诏，赐给巡抚名马衣缎。巡抚饮水思源，到了考核的时候，给华阴县评了一个"卓异"，就是说该县令的政绩非比寻常。县令也是个有良心的，想起他的前程都是打成名那儿来的，于是免了成名里正的差役；又嘱咐县学的教谕，让成名进了学，成了秀才，有了功名，不再是童生了；还赏了成名几十两银子，让他把赔累进去的薄产赎回来。成名夫妻，说不尽的欢喜。

只是他们的儿子一直是昏昏沉沉地躺着，不言不语，不吃不喝，不死不活，这可怎么了呢？

树叶黄了，树叶落了，秋深了。

一天夜里，成名夫妻做了一个同样的梦，梦见了他们的儿子黑子。黑子说：

"我是黑子。就是那只黑蛐蛐。蛐蛐是我。我变的。

"我拍死了'青麻头'，闯了祸。我就想：不如我变一只蛐蛐吧。我就变成了一只蛐蛐。

"我爱打架。

"我打架总要打赢，谁我也不怕。

"我一定要打赢。打赢了，爹就可以不当里正，不挨板子。我九岁了，懂事了。

"我跟别的蛐蛐打，我想:我一定要打赢，为了我爹，我妈。我拼命。蛐蛐也怕蛐蛐拼命。它们就都怕。

"我打败了所有的蛐蛐！我很厉害！

"我想变回来。变不回来了。

"那也好，我活了一秋。我赢了。

"明天就是霜降，我的时候到了。

"我走了，你们不要想我。——没用。"

第二天一早，黑子死了。

一个消息从宫里传到省里，省里传到县里：那只黑
蛐蛐死了。

一九八七年九月二十日　爱荷华

原载《人民文学》一九八八年第三期

于受万绘《聊斋志异·娇娜》

宣德间，官中尚促织之戏，岁征民间。此物故非西产。有华阴令，欲媚上官，以一头进，试使斗而才，因责常供。令以责之里正^{注1}。

市中游侠儿，得佳者笼养之，昂其直，居为奇货。里胥猾黠^{注2}，假此科敛丁口，每责一头，辄倾数家之产。

邑有成名者，操童子业^{注3}，久不售。为人迂讷，遂为猾胥报充里正役，百计营谋不能脱。不终岁，薄产累尽。会征促织，成不敢敛户口，而又无所赔偿，忧闷欲死。

注1　里正：又称里君、里尹、里宰等，中国春秋战国时的一里之长，明代改名里长。春秋时期开始使用的一种基层官职，主要负责掌管户口和纳税。

注2　猾黠：狡猾而善施诡计。

注3　童子业：指读书欲考秀才。

妻曰："死何裨益？不如自行搜觅，冀有万一之得。"成然之。早出暮归，提竹筒铜丝笼，于败堵丛草处，探石发穴，靡计不施，迄无济。即捕得三两头，又劣弱不中于款。宰严限追比[注1]，旬余，杖至百，两股间脓血流离，并虫亦不能行捉矣。转侧床头，惟思自尽。

时村中来一驼背巫，能以神卜。成妻具赀诣问。见红女白婆，填塞门户。入其舍，则密室垂帘，帘外设香儿。问者爇香于鼎，再拜。巫从旁望空代祝，唇吻翕辟，不知何词。各各竦立以听。少间，帘内掷一纸出，即道人意中事，无毫发爽。成妻纳钱案上，焚拜如前人。食顷，帘动，片纸抛落。拾视之，非字而画，中绘殿阁，类兰若，后小山下，怪石乱卧，针针丛棘，青麻头[注2]伏焉。旁一蟆，若将跳舞。展玩不可晓。然睹促织，隐中胸怀。折藏之，归以示成。成反复自念："得无教我猎虫所耶？"细瞻景状，与村东大佛阁真逼似。乃强起扶杖，执图诣寺后，有古陵蔚起。循陵而走，见蹲石鳞鳞，俨然类画。遂于蒿莱中，

注1　追比：旧时地方官严逼限期交税、交差或交代问题，
　　　过期以杖责、监禁等方式继续追逼，称为追比。
注2　青麻头：蟋蟀中的上品。后文中的"蝴蝶""螳螂"
　　　"油利挞""青丝额"都是蟋蟀的品种名。

侧听徐行，似寻针芥，而心目耳力俱穷，绝无踪响。冥搜未已，一癞头蟆猝然跃去。成益愕，急逐赶之。蟆入草间。蹑迹披求，见有虫伏棘根，遽扑之，入石穴中。拨^{注1}以尖草，不出；以筒水灌之，始出。状极俊健。逐而得之。审视：巨身修尾，青项金翅。大喜笼归。举家庆贺，虽连城拱璧不啻也。土于盆而养之，蟹白栗黄，备极护爱，留待限期，以塞官责。

成有子九岁，窥父不在，窃发盆。虫跃掷迳出，迅不可捉。及扑入手，已股落腹裂，斯须就毙。儿惧，啼告母。母闻之面色灰死，大骂曰："业根^{注2}，死期至矣！而翁归，自与汝复算耳！"儿涕而出。未几，成归，闻妻言，如被冰雪。怒索儿，儿渺然不知所往。既得其尸于井。因而化怒为悲，抢呼欲绝。夫妻向隅，茅舍无烟，相对嘿然，不复聊赖。日将暮，取儿藁葬，近抚之，气息惙然^{注3}。喜置榻上，半夜复苏，夫妻心稍慰。但蟋蟀笼虚，顾之则气断声吞，亦不敢复究儿。自昏达曙，目不交睫。东曦既驾，僵卧长愁。

注1　拨：轻微地拨动。
注2　业根：指祸根。佛教用语。
注3　惙然：形容呼吸微弱。

忽闻门外虫鸣，惊起觇视，虫宛然尚在。喜而捕之。一鸣辄跃去，行且速。覆之以掌，虚若无物；手裁举，则又超忽而跃。急赶之。折过墙隅，迷其所往。徘徊四顾，见虫伏壁上。审谛之，短小，黑赤色，顿非前物。成以其小，劣之。惟彷徨瞻顾，寻所逐者。壁上小虫，忽跃落襟袖间。视之，形若土狗，梅花翅，方首长胫，意似良。喜而收之。将献公堂，惴惴恐不当意，思试之斗以觇之。

村中少年好事者，驯养一虫，自名"蟹壳青"，日与子弟角，无不胜。欲居之以为利，而高其直，亦无售者。迳造庐访成。视成所蓄，掩口胡卢[注1]而笑。因出己虫，纳比笼中。成视之，庞然修伟，自增惭怍，不敢与较。少年固强。顾念蓄劣物终无所用，不如拼博一笑。因合纳斗盆。小虫伏不动，蠢若木鸡。少年又大笑。试以猪鬣毛撩拨虫须，仍不动。少年又笑。屡撩之，虫暴怒，直奔，遂相腾击，振奋作声。俄见小虫跃起，张尾伸须，直龁敌领。少年大骇，解令休止。虫翘然矜鸣，似报主知。成大喜。方共瞻玩，一鸡瞥来，迳进以啄。成骇立愕呼。幸啄不中，虫跃去尺有咫。鸡健进，逐逼之，虫已在爪下矣。成仓猝莫知所救，顿足失色。旋见鸡伸颈摆扑。

注1　掩口胡卢：捂着嘴笑，指暗笑，窃笑。

临视，则虫集冠上，力叮不释。成益惊喜，掇置
笼中。

翼日进宰。宰见其小，怒诃成。成述其异，宰不
信。试与他虫斗，虫尽靡；又试之鸡，果如成言。
乃赏成，献诸抚军^{注1}。抚军大悦，以金笼进上，
细疏其能。

既入宫中，举天下所贡蝴蝶、螳螂、油利挞、青
丝额，一切异状，遍试之，无出其右者。每闻琴
瑟之声，则应节而舞，益奇之。上大嘉悦，诏赐
抚臣名马衣缎。抚军不忘所自，无何，宰以"卓
异^{注2}"闻。宰悦，免成役。又嘱学使，俾入邑庠。
由此以善养虫名，屡得抚军殊宠。不数岁，田百
顷，楼阁万椽，牛羊蹄躈各千计。一出门，裘马
过世家焉。

异史氏曰："天子偶用一物，未必不过此已忘，
而奉行者即为定例。加之官贪吏虐，民日贴妇卖
儿，更无休止。故天子一跬步^{注3}，皆关民命，不

注1　抚军：明清时巡抚的别称。
注2　卓异：突出贡献。明清时，吏部定期考核官吏，文官
　　　三年，武官五年，政绩突出、才能优异者评为卓异。
注3　跬步：此处指一举一动。古人称举足一次为"跬"，
　　　举足两次为"步"。

可忽也。独是成氏子以蠹贫，以促织富，裘马扬
扬。当其为里正、受扑责时，岂意其至此哉！天
将以酬长厚者，遂使抚臣、令尹，并受促织恩荫。
闻之：一人飞升，仙及鸡犬。信夫！"

【聊斋志异·促织】 于受万 绘

成各
成子

村中来一驼背巫能以神卜闻妻具赀诣问见红女白婆填塞门户入其舍则密室垂帘帘外设香几问者爇香于鼎再拜巫从旁望空代祝唇吻翕辟不知何词各各竦立以听少间帘内掷一纸出即道人意中事无毫发爽妻纳钱案上焚拜如前人食顷帘动片纸抛落拾视之非字而画中绘殿阁类兰若后小山下怪石乱卧针针丛棘青麻头伏焉旁一蟆若将跳舞展玩不可晓然睹促织隐中胸怀折藏之归以示成反复自念得无教我猎虫所耶细瞻景状与村东大佛阁逼似乃强起扶杖执图诣寺后有古陵蔚起循陵而走见蹲石鳞鳞俨然类画於蒿莱中侧听徐行似寻针芥而心目耳力俱穷绝无踪响冥搜未已一癞头蟆猝然跃去成益愕趋之蟆入草间蹑迹披求

聊齋志異

促織

宣德間宮中尚促織之戲歲征民間此物故非西產有華陰令欲媚上官以一頭
進試使鬥而才因責常供令以責之里正市中游俠兒得佳者籠養之昂其直
居為奇貨里胥猾黠假此科斂丁口每責一頭輒傾數家之產

邑有成名者操童子業久不售為人迂訥遂為猾胥報充里正役百計營謀不能脫不終歲
薄產累盡會征促織成不敢斂戶口而又無所賠償憂悶欲死妻曰死何裨益不
如自行搜覓冀有萬一之得成然之早出暮歸提竹筒銅絲籠於敗堵叢草
處探石發穴靡計不施迄無濟即捕得三兩頭又劣弱不中於款宰嚴限追
比旬餘杖至百兩股間膿血流離並蟲亦不能行捉矣轉側床頭惟思自盡時

外虫跳踉鸣起觇视虫宛然尚在喜而捕之一鸣辄躍去行且速復之以掌虚若
无物手裁舉則又超忽而躍急趋之折过墙隅迷其所在徘徊四顾見虫伏壁
上审諦之短小黑赤色顿非前物成以其小劣之惟旁徨瞻顾寻所逐者壁上
小虫忽躍落襟袖間視之形若土狗梅花翅方首长胫意似良喜而收之将献
公堂惴惴恐不当意思試之斗以觇之村中少年好事者驯养一虫自名蟹壳青
日與子弟角无不胜欲居之以為利而高其直亦无售者径造庐访成視成所
蓄掩口胡卢而笑因出己虫纳比笼中成視之庞然修伟自增惭怍不敢與較少
年固强之顾念蓄劣物终无所用不如拼博一笑因合纳斗盆小虫伏不动蠢
若木雞少年又大笑試以猪鬣毛撩拨虫须仍不动少年又笑屡撩之虫暴

聊齋志異

見有虫伏棘根遽撲之入石穴中掭以尖艸不出灌以筒水始出狀極俊進逞

浮之審視身修尾青頂金翅大喜籠歸舉家慶賀雖連城拱璧不啻也上

於盆而養之蟹白栗黃備極護愛當得限期以塞官責成有子九歲窺父

不在竊發盆蟲躍擲逕出迅不可捉及撲入手已股落腹裂斯須就斃兒懼

啼告母母聞之面色灰死大罵曰業根死期至矣而翁歸自與汝覓齊兒涕

而出未幾成歸聞婦言如被冰雪怒索兒兒渺然不知所往既得其尸於井因

化怒為悲搶呼欲絕夫妻向隅茅舍無煙相對嘿嘿不復聊賴日將暮取兒藁

莊近撫之氣息惙然喜置榻上半夜復甦夫妻心稍慰但蟋蟀籠虛顧之則

氣斷聲吞亦不敢復究兒自昏暮達曙目不交睫東曦既駕僵臥長愁忽聞門

是

到刑〜

脊吏名豪得撫軍珠罷不數歲田百頃樓閣萬椽牛羊蹄躈各千計一

出陳粟馬過世家焉

吳史氏曰天子偶用一物未必不過此已忠需奉行者即為之似加之官貪吏

官民日削婦賣兒賣無休止放天子一哇步此句閑民命不可忍也獨是歲

氏子以毫負以侵緘富來馬揚之當其是受扑責時豈意其全此

哉天將以酬長厚矣遂使懾臣令吏亞受侵緘恩陰閒之二人飛乎昇仙及

雖天信天

阮再云宣德治世宣宗令主其臺閣大臣又三楊塞夏諸老先生顧

以州虫侯物俠民全此耶但憑柙傅閒異難耶

卯齋志子

云狀　現與　迷考　之苗

怒直奔逐相騰擊振奮作聲俄見小虫躍起張尾伸鬚直齕敵領少年大
駭解令休止虫翹然矜鳴似報主知成大喜方共瞻玩雞瞥來逕進以啄成
駭立愕呼幸啄不中虫躍去尺有咫雞健進逐逼之虫已在爪下矣成倉猝莫
知所救頓足失色旋見雞伸頸擺撲臨視則虫集冠上力叮不釋成益驚
喜掇置籠中翼日進宰宰見其小怒呵成成述其異宰不信試與他虫鬥虫盡
靡又試之雞果如成言乃賞成獻諸撫軍撫軍大悅以金籠進上細疏其能
入宮中舉天下所貢蝴蝶螳螂油利撻青絲額一切異狀遍試之無出其右者
每聞琴瑟之聲則應節而舞益奇之上大嘉悅詔賜撫臣名馬衣緞撫
軍不忘所自無何宰以卓異聞宰悅免成役又囑學使俾入邑庠由此以善

石清虚

改写自《聊斋志异·石清虚》

邢云飞，爱石头。书桌上，条几上，书架上，柜橱
里，多宝槅里，到处是石头。这些石头有的是他不
惜重价买来的，有的是他登山涉水满世界寻觅来
的。每天早晚，他把这些石头挨着个儿看一遍。有
时对着一块石头能端详半天。一天，在河里打鱼，
觉得有什么东西挂了网，挺沉，他脱了衣服，一个
猛子扎下去，一摸，是块石头。抱上来一看，石头
不小，直径够一尺，高三尺有余。四面玲珑，峰峦
叠秀。高兴极了，带回家来，配了一个紫檀木的座，
供在客厅的案上。

一天，天要下雨，邢云飞发现：这块石头出云。石
头有很多小窟窿，每个窟窿里都有云，白白的，像
一团一团新棉花，袅袅飞动，忽淡忽浓。他左看右
看，看呆了。侯后，每到天要下雨，都是这样。这
块石头是个稀世之宝！

这就传开了。很多人都来看这块石头。一到阴天，

来看的人更多。

邢云飞怕惹事，就把石头移到内室，只留一个檀木座在客厅案上。再有人来要看，就说石头丢了。

一天，有一个老叟敲门，说想看看那块石头。邢云飞说："石头已经丢失很久了。"老叟说："不是在您的客厅里供着吗？"——"您不信？不信就请到客厅看看。"——"好，请！"一跨进客厅，邢云飞愣了：石头果然好好地嵌在檀木座里。咦！

老叟抚摸着石头，说："这是我家的旧物，丢失了很久了，现在还在这里啊。既然叫我看见了，就请赐还给我。"邢云飞哪肯呀："这是我家传了几代的东西，怎么会是你的！"——"是我的。"——"我的！"两个争了半天。老叟笑道："既是你家的，有什么验证？"邢云飞答不上来。老叟说："你说不上来，我可知道。这石头前后共有九十二个窟窟窿，最大的窟窿里有五个字："清虚石天供"。"邢云飞细一看，大窟窿里果然有五个字，才小米粒大，使劲看，才能辨出笔划。又数数窟窿，不多不少，九十二。邢云飞没有话说，但就是不给。老叟说："是谁家的东西，应该归谁，怎么能由得你呢？"说完一拱手，走了。邢云飞送到门外，回来：石头没了。大惊，惊疑是老叟带走了，急忙追出来。老叟慢慢地走着，还没走远。赶紧奔上去，拉住老叟的袖子，哀求道："你把石头还我吧！"老叟说："这可是奇怪了，那么大的一块石头，我能攥在手里，揣在袖子里吗？"邢云飞知道这老叟很神，就强拉硬拽，把老叟拽回来，给老叟下了一跪，不起来，直说："您给我吧，给我吧！"老叟说："石头到底是你家的，是我家的？"——"您家的！您家的！——求您割爱！求您割爱！"老叟说："既是这样，那么，石头还在。"邢云飞一扭头，石头还在座里，没挪窝。老叟说：

"天下之宝，当与爱惜之人。这块石头能自己选择一个主人，我也很喜欢。然而，它太急于自现了。出世早，劫运未除，对主人也不利。我本想带走，等过了三年，再赠送给你。既想留下，那你就得减寿三年，这块石头才能随着你一辈子，你愿意吗？"——"愿意！愿意！"老叟于是用两个指头捏了一个窟窿一下，窟窿软得像泥，闭上了。随手闭了三个窟窿，完了，说："石上窟窿，就是你的寿数。"说罢，飘然而去。

有一个权豪之家，听说邢家有一块能出云的石头，就惦记上了。一天派了两个家奴闯到邢家，抢了石头便走。邢云飞追出去，拼命拽住。家奴说石头是他们主人的，邢云飞说："我的！"于是经了官。地方官坐堂问案，说是你们各执一词，都说说，有什么验证。家奴说："有！这石头有九十二个窟窿。"——原来这权豪之家早就派了清客，到邢家看过几趟，暗记了窟窿数目。问邢云飞："人家说

出验证来了，你还有什么话说！"邢云飞说："回
大人，他们说得不对。石头只有八十九个窟窿。有
三个窟窿闭了，还有六个指头印。"——"呈上来！"
地方官当堂验看，邢云飞所说，一字不差，只好把
石头断给邢云飞。

邢云飞得了石头回来，用一方古锦把石头包起来，
藏在一只铁梨木匣子里。想看看，一定先焚一炷
香，然后才开匣子。也怪，石头很沉，别人搬起来
很费劲；邢云飞搬起来却是轻而易举。

邢云飞到了八十九岁，自己置办了装裹棺木，抱着
石头往棺材里一躺，死了。

一九八七年九月二十一日　爱荷华

原载《人民文学》一九八八年第三期

于受万绘《聊斋志异·小翠》

邢云飞，顺天人。好石，见佳，不惜重直。偶渔于河，有物挂网，沉而取之，则石径尺，四面玲珑，峰峦叠秀。喜极，如获异珍。既归，雕紫檀为座，供诸案头。每值天欲雨，则孔孔生云，遥望如塞新絮。

有势豪某，踵门求观。既见，举付健仆，策马径去。邢无奈，顿足悲愤而已。仆负石至河滨，息肩桥上，忽失手，堕诸河。豪怒，鞭仆。即出金，雇善泅者，百计冥搜，竟不可见。乃悬金署约而去。由是寻石者日盈于河，迄无获者。后邢至落石处，临流於邑^{注1}，但见河水清澈，则石固在水中。邢大喜，解衣入水，抱之而出。携归，不敢设诸厅所，洁治内室供之。

一日，有老叟款门而请，邢托言石失已久。叟笑

注1 於邑：呜咽。

曰："客舍非耶？"邢便请入舍，以实其无。及入，则石果陈几上。愕不能言。叟抚石曰："此吾家故物，失去已久，今固在此耶。既见之，请即赐还。"邢窘甚，遂与争作石主。叟笑曰："既汝家物，有何验证？"邢不能答。叟曰："仆则故识之。前后九十二窍，孔中五字云：'清虚天石供。[注1]'"邢审视，孔中果有小字，细如粟米，竭目力才可辨认。又数其窍，果如所言。邢无以对，但执不与。叟笑曰："谁家物，而凭君作主耶！"拱手而出。邢送至门外，既还，已失石所在。邢急追叟，则叟缓步未远。奔牵其袂而哀之。叟曰："奇哉！径尺之石，岂可以手握袂藏者耶？"邢知其神，强曳之归，长跽请之。叟乃曰："石果君家者耶、仆家者耶？"答曰："诚属君家，但求割爱耳。"叟曰："既然，石固在是。"入室，则石已在故处。叟曰："天下之宝，当与爱惜之人。此石能自择主，仆亦喜之。然彼急于自见[注2]，其出也早，则魔劫未除。实将携去，待三年后，始以奉赠。既欲留之，当减三年寿数，乃可与君相终始。君愿之乎？"曰："愿。"叟乃以两指捏一窍，窍软如泥，随手而闭。闭三窍，

注1　清虚天石供：意谓月宫中的石制供品。清虚天：月宫。

注2　自见（xiàn）：自现于世。

已，曰："石上窍数，即君寿也。"作别欲去。邢苦留之，辞甚坚；问其姓字，亦不言，遂去。

积年余，邢以故他出，夜有贼入室，诸无所失，惟窃石而去。邢归，悼丧欲死。访察购求，全无踪迹。积有数年，偶入报国寺[注1]，见卖石者，则故物也，将便认取。卖者不服，因负石至官。官问："何所质验？"卖石者能言窍数。邢问其他，则茫然矣。邢乃言窍中五字及三指痕，理遂得伸。官欲杖责卖石者，卖石者自言以二十金买诸市，遂释之。邢得石归，裹以锦，藏椟中，时出一赏，先焚异香而后出之。

有尚书某，购以百金。邢曰："虽万金不易也。"尚书怒，阴以他事中伤之。邢被收，典质田产。尚书托他人风示其子。子告邢，邢愿以死殉石。妻窃与子谋，献石尚书家。邢出狱始知，骂妻殴子，屡欲自经，人觉救，得不死。夜梦一丈夫来，自言"石清虚"。戒邢勿戚："特与君年余别耳。明年八月二十日，昧爽时，可诣海岱门[注2]，以两贯相赎。"邢得梦，喜，谨志其日。其石在尚书家，更无出云之异，久亦不甚贵重之。明年，尚

注1　报国寺：位于今北京市内。
注2　海岱门：今北京崇文门。

书以罪削职，寻死。邢如期至海岱门，则其家人窃石出售，因以两贯市归。

后邢至八十九岁，自治葬具，又嘱子，必以石殉。及卒，子遵遗教，瘗石墓中。半年许，贼发墓，劫石去。子知之，莫可追诘。越二三日，同仆在道，忽见两人，奔踬[注1]汗流，望空投拜，曰："邢先生，勿相逼！我二人将[注2]石去，不过卖四两银耳。"遂絷送到官，一讯即伏。问石，则鬻官氏。取石至，官爱玩，欲得之，命寄诸库。吏举石，石忽堕地，碎为数十余片。皆失色。官乃重械两盗论死。邢子拾碎石出，仍瘗墓中。

异史氏曰："物之尤者祸之府。至欲以身殉石，亦痴甚矣！而卒之石与人相终始，谁谓石无情哉？古语云：'士为知己者死。'非过也！石犹如此，何况于人！"

注1　奔踬：跌跌撞撞地跑。

注2　将：拿走。

【聊斋志异·石清虚】 于受万 绘

邢云飞

邢云飞

陆判

改写自《聊斋志异·陆判》

朱尔旦，爱做诗，但是天资钝，写不出好句子。人
挺豪放，能喝酒。喝了酒，爱跟人打赌。一天晚上，
几个做诗写文章的朋友聚在一处，有个姓但的跟朱
尔旦说："都说你什么事都敢干，咱们打个赌：你
要是能到十王殿去，把东廊下的判官背了来，我们
大家凑钱请你一顿！"这地方有一座十王殿，神鬼
都是木雕的，跟活的一样。东廊下有一个立判，绿
脸红胡子，模样尤其狞恶。十王殿阴森森的，走进
去叫人汗毛发紧。晚上更没人敢去。因此，这姓但
的想难倒朱尔旦。朱尔旦说："一句话！"站起来
就走。不大一会，只听见门外大声喊叫："我把髯
宗师请来了！"姓但的说："别听他的！"——"开
门哪！"门开处，朱尔旦当真把判官背进来了。他
把判官搁在桌案上，敬了判官三大杯酒。大家看见
判官蠢着，全都坐不住："你，还把他，请回去！"
朱尔旦又把一壶酒泼在地上，说了几句祝告的话：
"门生粗率不文，惊动了您老人家，大宗师谅不见
怪。舍下离十王殿不远，没事请过来喝一杯，不要

见外。"说罢，背起判官就走。

第二天，他的那些文友，果然凑钱请他喝酒。一直喝到晚上，他已经半醉了，回到家里，觉得还不尽兴，又弄了一壶，挑灯独酌。正喝着，忽然有人掀开帘子进来。一看：是判官！朱尔旦腾地站了起来："噫！我完了！昨天我冒犯了你，你今天来，是不是要给我一斧子？"判官拨开大胡子一笑，"非也！昨蒙高义相订，今天夜里得空，敬践达人之约。"朱尔旦一听，非常高兴，拽住判官衣袖，忙说："请坐！请坐！"说着点火坐水，要烫酒。判官说："天道温和，可以冷饮。"——"那好那好！——我去叫家里的弄两碟菜。你宽坐一会。"朱尔旦进里屋跟老婆一说，——他老婆娘家姓周，挺贤惠，"炒两个菜，来了客。"——"半夜里来客？什么客？"——"十王殿的判官。"——"什么？"——"判官。"——"你千万别出去！"朱尔旦说："你甭管！炒菜，炒菜！"——"这会儿，能炒出什么菜？"——"炸花生米！炒鸡蛋！"一会儿的工夫，两碟酒菜炒得了，朱尔旦端出来，重换杯筷，斟了酒："久等了！"——"不妨，我在读你的诗稿。"——"阴间，也兴做诗？"——"阳间有什么，阴间有什么。"——"你看我这诗？"——"不好。"——"是不好！喝酒！——你怎么称呼？"——"我姓陆。"——"台甫？"——"我没名字！"——"没名字？好！——干！"这位陆判官真是海量，接连喝了十大杯。朱尔旦因为喝了一天的酒，不知不觉，醉了。趴在桌案上，呼呼大睡。到天亮，醒了，看看半枝残烛，一个空酒瓶，碟子里还有几颗炸焦了的花生米，两筷子鸡蛋，恍惚了半天："我夜来跟谁喝酒来着？判官，陆判？"自此，陆判隔三两天就来一回，炸花生米，炒鸡蛋下酒。朱尔旦做了诗，都拿给陆判看。陆判看了，都说不好。"我劝你就别做诗了。诗不是谁都能做的，你的诗，平仄对仗都不错，就是缺一点东西——诗意。心中无诗意，笔下如何有好诗？你的诗，还不如炒鸡蛋。"

有一天，朱尔旦醉了，先睡了，陆判还在自斟自饮。朱尔旦醉梦之中觉得肚脏微微发痛，醒过来，只见陆判坐在床前，豁开他的腔子，把肠子肚子都掏了出来。一条一条在整理。朱尔旦大为惊愕，说："咱俩无仇无冤，你怎么杀了我？"陆判笑笑说："别怕别怕，我给你换一颗聪明的心。"说着不紧不慢的，把肠子又塞了回去。问："有干净白布没有？"——"白布？有包脚布！"——"包脚布也凑合。"陆判用裹脚布缚紧了朱尔旦的腰杆，说："完事了。"朱尔旦看看床上，也没有血迹，只觉得小肚子有点发木。看看陆判，把一疙瘩红肉放在茶几上，问："这是啥？"——"这是老兄的旧心。你的诗写不好，是因为心长得不好。你瞧瞧，什么乱七八糟的，窟窿眼都堵死了。适才在阴间拣到一颗，虽不是七窍玲珑，比你原来那颗要强些。你那一颗，我还得带走，好在阴间凑足原数。你躺着，我得去交差。"

朱尔旦睡了一觉，天明，解开包脚布看看，创口已经合缝，只有一道红线。从此，他的诗就写得好些了。他的那些诗友都很奇怪。

朱尔旦写了几首传颂一时的诗，就有点不安分了。一天，他请陆判喝酒，喝得有点醺醺然了，朱尔旦说："渝肠伐胃，受赐已多，尚有一事欲相烦，不知可否？"陆判一听："什么事？"朱尔旦说："心肠可换，这脑袋面孔想来也是能换的。"——"换头？"——"你弟妇，我们家里的，结发多年，怎么说呢，下身也还挺不赖，就是头面不怎么样。四方大脸，塌鼻梁。你能不能给来一刀？"——"换一个？成！容我缓几天，想想办法。"

过了几天，半夜里，来敲门，朱尔旦开门，拿蜡烛一照，见陆判用衣襟裹着一件东西。"啥？"陆判直喘气："你托付我的事，真不好办。好不容易，算你有运气，我刚刚得了一个挺不错的美人脑袋，还是热乎的！”一手推开房门，见朱尔旦的老婆侧身睡着，睡得正实在，陆判把美人脑袋交给朱尔旦抱着，自己从靴鞡子里抽出一把锋利的匕首，按着朱尔旦老婆的脑袋，切冬瓜似的一刀切了下来，从朱尔旦手里接过美人脑袋，合在朱尔旦老婆脖颈上，看端正了，然后用手四边摁了摁，动作干净利落，真是好手艺！然后，移动枕头，塞在肩下，让脑袋腔子都舒舒服服地斜躺着。说："好了！你把尊夫人原来的脑袋找个僻静地方，刨个坑埋起来。以后再有什么事，我可就不管了。"

第二天，朱尔旦的老婆起来，梳洗照镜。脑袋看看身子："这是谁？"双手摸摸脸蛋："这是我？"

朱尔旦走出来，说了换头的经过，并解开女人的衣领，让女人验看，脖颈上有一圈红线，上下肉色截然不同。红线以上，细皮嫩肉；红线以下，较为粗黑。

吴侍御有个女儿，长得很好看。昨天是上元节，去逛十王殿。有个无赖，看见她长得美，跟梢到了吴家。半夜，越墙到吴家女儿的卧室，想强奸她。吴家女儿抗拒，大声喊叫，无赖一刀把她杀了，把脑袋放在一边，逃了。吴家听见女儿屋里有动静，赶紧去看，一看见女儿尸体，非常惊骇。把女儿尸体用被窝盖住，急忙去备具棺木。这时候，正好陆判下班路过，一看，这个脑袋不错！裹在衣襟里，一顿脚，腾云驾雾，来到了朱尔旦的家。

吴家买了棺木，要给女儿成殓。一揭被窝，脑袋没了！

朱尔旦的老婆换了脑袋，也带来了一些别扭。朱尔旦的老婆原来食量颇大，爱吃辛辣葱蒜。可是这个脑袋吃得少，又爱吃清淡东西，喝两口鸡丝雪笋汤就够了，因此下面的肚子就老是不饱。

晚上，这下半身非常热情，可是脖颈上这张雪白粉嫩的脸却十分冷淡。

吴家姑娘爱弄乐器，笙箫管笛，无所不晓。有一天，在西厢房找到一管玉屏洞箫，高兴极了，想吹吹。撮细了樱唇，倒是吹出了音，可是下面的十个指头不会捏眼！

朱尔旦老婆换了脑袋，这事渐渐传开了。

朱尔旦的那些诗朋酒友自然也知道了这件事。大家就要求见见换了脑袋的嫂夫人，尤其是那位姓但的。朱尔旦被他们缠得脱不得身，只得略备酒菜，请他们见见新脸旧夫人。

客人来了，朱尔旦请夫人出堂。

大家看了半天，姓但的一躬到地：

"是嫂夫人？"

这张挺好看的脸上的挺好看的眼睛看看他，说："初次见面，您好！"

初次见面？

"你现在贵姓？姓周，还是姓吴？"

"不知道。"

"不知道？"

"那么你是？"

"我也不知道我是谁。是我，还是不是我。"这张挺好看的面孔上的挺好看的眼睛看看朱尔旦，下面一双挺粗挺黑的手比比划划，问朱尔旦："我是我？

还是她？"

朱尔旦想了一会，说：

"你们。"

"我们？"

一九八八年新春

原载《滇池》一九八八年第五期

陆判

——《聊斋》新义

汪曾祺

　　朱尔旦，爱做诗。但是天资钝，写不出好句子。人挺豪放，爱喝酒。喝了酒，爱跟人打赌。一天，几个做诗写文章的朋友跟朱尔旦一起喝了好些酒，他们跟朱尔旦说："都说你什么事都敢干，唱的不打赌：你敢半夜里到十王殿去，把左廊下的判官背了来，我们大家凑钱请你！"这地方有一座十王殿，神像都塑不雕的，跟活的一样。左廊下有一个判官，绿脸红胡子，模样尤其狰恶。十王殿到夜里森森的，走进去令人汗毛发竖。晚上更没人敢去。因此，这帮朋友想难倒朱尔旦。朱尔旦说："一句话！"说着

15×20=300　　　　北京文学稿纸

牛栓子。有大一会，门外大喊大叫："老把留宗
师没来了！""挂他的话：别听他的！"——
"开门哪。"门开处，朱不兰省真把判官背进
来了。他把判官搁在炕桌上，放了判官三大碗
酒。大家背见判官醒转，全都吃不＠住："你
也把他，请回去！"朱不兰又把一壶酒没在炕
上，说了几句赔着的话："门走粗举石久，恼
怒了像走人家，人家师谅石见怪。老下岛十五
歇不远，没事请走来喝一杯，石写见外。"背
起判官就走。

第二天，他叫那些文友，只约凌铎请他回
喝酒。一直喝到晚上，他才终于醉了。回到家
里，觉得还石够尽，又来了一壶，挑灯独酌。
正喝着，忽然有人掀开帘子进来："一看，是判
官！朱不兰腾地站了起来："您！来早了！"昨

天我写给了你，你与文章，是不是写给我一首
子。"判官接开大胡子一笑。"非也！那渡两
文相符，左右意生得空，就给达人之约。"未
尔旦一听，非常高兴，摸我判官衣祖，忙说：
"请坐！请坐！"说着点火烧水，要烫酒。判
官说："天道酷热，可以冷饮。"——"那好
那好！——我去叫家里用开两得菜。你宽坐一
会。"——罗兰进里屋跟妻一说，——他妻理
娘向家挂肩。"做两碗下酒，来了客。"——
"来的是贵客？什么客？"——"十王殿的判
官？"——"什么？"——"判官。"——
你十万别生气！"生尔旦说："你甭管：炒菜
炒菜！"——"这会儿，叫我炒什么菜？"——
"非花生米！炒鸡蛋！"一会儿的功夫，两碟
酒菜炒得了，未四尔旦满斟上，这拿杯筷，斟了

酒。"又等了:" —— "不妨，我去读你的诗稿。" —— "阴间，也兴做诗？" —— "阴间有什么，阴间有什么。" —— "你有我这诗？" —— "不好。" —— "是不好！喝酒！"

"你是谁呀？" —— "我姓陆。" —— "古南？" —— "我没名字" —— "没名字？好！" —— 扫

这位陆判官真是海量，连着喝了十大杯。朱尔旦陪他喝了一天的酒，不知不觉，醉了。趴在桌上，呼呼大睡。到天亮，醒了，看见一个空酒瓶，摆了足足有几斤，身边丢了肉骨，两只鸡蛋。"我怎么跟他说喝酒来着？判官，陆判？"一目后，陆判隔三两回几天就来一回。花生米、炒鸡蛋不离。朱尔旦做了诗，都拿给陆判看。陆判看了，都说不好。"我教你怎么到做诗了，诗不是谁都能做的。你的诗，平仄对仗

第 5 页

都不错，就是缺一点东西 —— 诗意。心中无诗意，笔下无诗。画你的画，还不如炒鸡蛋。"

有一天，朱尔旦醉了，先睡了，陆判还在自斟自饮。朱尔旦睡梦之中觉得肚脏微微发痛，醒过来，只见陆判坐在床前，豁开他的肚子，把肠子肚子都掏了出来，一条一条整理，朱尔旦大惊惶，说："我跟你无仇无怨，你怎么害了我？"陆判笑笑说："别怕别怕，我给你换一颗聪明的心。"说着从容不迫地，把肠子又塞了回去，问："有干净水没有？"——"白布？床单脚布！"——"脚布也凑合。"陆判用湿脚布把朱尔旦肚脐揩了揩，说："完事了！"朱尔旦看看床上，也没有血迹，只觉得小肚子有些发木。看见陆判，把一疙瘩红圆肉放在桌上，忙问："这是啥？"——"这是先生的心。"

第 6 页

你的诗写不好，是因为心志得不好。你眼上，们都乱母七八糟的，窟窿眼都瞎死了。连手也阴阳陈到一块。这不是也窝我呢，也你那弄那数要弦吧。你那一弦，就证得带走。母到阴阳还是原核。你瞎着，瞎得有点差。

朱尔旦瞪了一瞪。天明，解开邮脐书着，已引口已经缝合，只有一道红线。从此，他作诗就写得好些了。他的那些诗友都很奇怪。

朱尔旦写了几首传诵一时的诗。就有点飘飘然了。一天，他请陆判喝酒，喝得有些醺醺了。朱尔旦说："满腹我胃，荣糊己多。图内有一事放相模，不和了吗？"陆判一听："什么事？"朱尔旦说："四肠百摸，这腮袋自孔悲来也是得换小。"——"换美？"——八你革妹，我们穿生的，情交多年，怎么说吧，

15×20=300　　　　北京文学稿纸

下巴也画挺尖颗，就是头面石点不详。四方大眼，墙鼻梁。⊙爱⊙画⊙。你能石能给未一□？"

——"捺一下？成！等岁後几天，想上办法。"

过了几天，半夜里，朱敏内，朱尔旦后方李婿然一惊，见陈到用衣襟裏着一件东西。"嗯？"陈到喝道：："你托咐我的事，其石好办理。好容易，着孙方逞去，就刚上得了一个挺石错的美人脑袋，还是热呼的！"这一手就叫唐白，是朱尔旦的老婆倒有睡着，脖侬正紧了，陈到把美人脑袋安在朱旦枕着，自己从靴物了里抽出一把锋状的匕首，搂着朱旦上去洗的喉袋，切瓜着似的一刀切了下来，快美尔旦手里揣起美人脑袋，再上朱尔旦老洗脖致上，着论上了。然后用手四迎捏了捏，勃纸半浮的腐，真是好手艺！8久，修远秕支，塞上肩下，让脑袋腔子都舒舒服服的斜躺着。说：“好了！你把尊夫人原来的脑袋找个僻静地方，刨个坑埋起来。以后再有什么事，我可就不管了。”

第二天，朱尔旦的夫人醒起来，揽镜一照。脑袋看看身子：“这是谁？”双手摸摸脸蛋：“这是我？”

朱尔旦走进来，说了换头的经过，并解开女人的衣领，让女人验看。脖颈上有一圈红线，上下肉色截然不同。红线以上，细皮嫩肉；红线以下，较为粗黑。

吴侍御有个女儿，长得很好看。那天是上元节，去逛十王殿。有个无赖，看见她长得美，跟踪到了吴家。半夜，越墙到吴家女儿的卧室，想强奸她。吴家女儿抗拒，大声喊叫，

110

见猴一刀把把东了，把脑袋放在一边，逃了。
陈师傅……吴家听见女儿屋里有动静，赶紧去看。
一看是女儿尸体，非常吃惊。他把女儿尸体
用被窝盖住，急忙去电其指大。他这时候，正
好陈刮下班路过，一看，这个脑袋不错！他要
这衣裳呢，一快脚，腾云驾雾，来到了朱不旦
家。

吴家买了棺木，安纸女儿成殓。一揭被窝，
脑袋没了！   陈墙再现

朱不旦老婆摸了脑袋，这什么滑不唧了
出来。

朱家旦的那些诗朋酒友，岁岁也知道了这
样事。

朱不旦的老婆摸了脑袋，也觉了一些别担
朱不旦用老婆原来雀身放大，爱说画的平静惠

第 10 页

蒜，9是正方脑袋四牙得少，又爱吃清淡东西，两
喝两口鸡丝雪笋汤就明了，因此秋下雨的肚子毛莲一 不能。
晚上，这下来身非常燕情，为是脖颈上这
片雪白软嫩的脸印十岁谨谈。

吴家姑娘原来意弄乐器，笙箫管笛，又羽
不胜。有一天，生西厢房找到一管玉屑洞箫，
高兴极了，提吹吹。撤细了搭唇，别是吹女了
吾，日走下内的十岁指段石去捏眼！

朱东旦老婆撰了脑袋，已身渐地得开了。

朱东旦向那些诈朋涸反自然地知道了这件
集。大学秋来求见已撰了脑袋的婶夫人，尤其
是那位姓但的。朱东旦极把的便得脱不得手，
二得略有洒爽，随他的先生就脸咸人。

家人关看了，朱东旦谁夫人已空。

姓但的向家着了半天，姓但的一郭计把：

15×20=300

北京文学稿纸

　　"是坂夫人？"

　　这张挺好看的脸上的挺好看的眼睛看著他，说："初次见面，很好！"

　　初次见面？

　　"你说么贵姓？姓周，还是姓美？"

　　"不知道。"

　　不知道？

　　"那么你是？"

　　"我也不知道我是谁。是我，也还不是我。"这张挺好看的脸让挺好看的眼睛看著美乐旦，下面一双挺担挺美的手，问美乐旦："我是我？还是她？"

　　美乐旦想了一会，说：

　　"你的。"

　　"我的？"

　　　　　　　　一九八八年初春 改春

1990 年 2 月，汪曾祺在家中创作

【聊斋志异·陆判】蒲松龄 原文

陵阳[注1]朱尔旦，字小明。性豪放。然素钝，学虽笃，尚未知名。一日，文社[注2]众饮，或戏之云："君有豪名，能深夜赴十王殿[注3]负得左廊判官[注4]来，众当醵[注5]作筵。"盖陵阳有十王殿，神鬼皆以木雕，妆饰如生。东庑[注6]有立判，绿面赤须，貌尤狞恶。或夜闻两廊拷讯声，入者，毛皆森竖。故众以此难朱。朱笑起，迳去。居无何，门外大呼曰："我请髯宗师[注7]至矣！"众皆起。俄负判入，置几上，奉觞，酹[注8]之三。众睹之，瑟缩

注1　陵阳：旧县名，今属安徽青阳县。

注2　文社：指科举时代，秀才们讲学作文的结社。

注3　十王殿：佛教中对掌管地狱的十大阎王的总称。

注4　判官：传说中阴间官名，长相凶恶，但绝大部分心地善良而正直，负责判处人的轮回生死。

注5　醵（jù）：凑钱饮酒。

注6　东庑：东廊。

注7　宗师：代指陆判。

注8　酹：以酒浇地祭鬼神。

不安于座，仍请负去。朱又把酒灌地，祝曰："门生狂率不文，大宗师谅不为怪。荒舍匪遥，合乘兴来觅饮，幸勿为畛畦[注1]。"乃负之去。

次日，众果招饮。抵暮，半醉而归，兴未阑，挑灯独酌。忽有人搴帘入，视之，则判官也。朱起曰："噫，吾殆将死矣！前夕冒渎，今来加斧锧[注2]耶？"判启浓髯，微笑曰："非也。昨蒙高义相订，夜偶暇，敬践达人之约。"朱大悦，牵衣促坐，自起涤器爇火。判曰："天道温和，可以冷饮。"朱如命，置瓶案上，奔告家人治肴果。妻闻，大骇，戒勿出。朱不听，立俟治具以出。易盏交酬，始询姓氏。曰："我陆姓，无名字。"与谈古典，应答如响。问："知制艺[注3]否？"曰："妍媸亦颇辨之。阴司诵读，与阳世略同。"陆豪饮，一举十觥。朱因竟日饮，遂不觉玉山倾颓[注4]，伏几醺睡。比醒，则残烛昏黄，鬼客已去。

自是三两日辄一来，情益洽，时抵足卧。朱献

<hr>

注1　畛畦（zhěn qí）：田间小路。引申为界限，隔阂。
注2　斧锧：古代的刑具，泛指罪名。
注3　制艺：科举应试文章，指八股文。
注4　玉山倾颓：形容酒醉后东倒西歪的样子。

窗稿[注1]，陆辄红勒[注2]之，都言不佳。一夜，朱醉，先寝，陆犹自酌。忽醉梦中，觉脏腑微痛。醒而视之，则陆危坐床前，破腔出肠胃，条条整理。愕曰："夙无仇怨，何以见杀？"陆笑云："勿惧！我为君易慧心耳。"从容纳肠已，复合之，末以裹足布束朱腰。作用毕，视榻上亦无血迹，腹间觉少麻木。见陆置肉块几上，问之。曰："此君心也。作文不快，知君之毛窍塞耳。适在冥间，于千万心中，拣得佳者一枚，为君易之，留此以补阙数。"乃起，掩扉去。天明解视，则创缝已合，有绽[注3]而赤者存焉。自是文思大进，过眼不忘。数日，又出文示陆，陆曰："可矣。但君福薄，不能大显贵，乡科而已。"问："何时？"曰："今岁必魁。"未几，科试冠军，秋闱[注4]果中魁元。同社生素揶揄之，及见闱墨，相视而惊，细询始知其异。共求朱先容[注5]，愿纳交陆。陆诺之。众大设以待之。更初，陆至，赤鬣生动，目炯炯如电。众茫乎无色，齿欲相击，渐引去。

注1　窗稿：指平日的习作诗文。

注2　红勒：用朱笔批阅，修改。

注3　绽（xiàn）：古同"线"。

注4　秋闱：乡试。

注5　先容：事先为人介绍。

朱乃携陆归。饮既醺，朱曰："涮肠伐胃[注1]，受赐已多。尚有一事欲相烦，不知可否？"陆便请命。朱曰："心肠可易，面目想亦可更。山荆，予结发人，下体颇亦不恶，但头面不甚佳丽。尚欲烦君刀斧，如何？"陆笑曰："诺！容徐图之。"过数日，半夜来叩关。朱急起延入，烛之，见襟裹一物。诘之，曰："君曩所嘱，向艰物色。适得美人首，敬报君命。"朱拨视，颈血犹湿。陆力促急入，勿惊禽犬。朱虑门户夜扃。陆至，以手推扉，扉自开。引至卧室，见夫人侧身眠。陆以头授朱抱之，自于靴中出白刃如匕首，按夫人项，着力如切腐状，迎刃而解，首落枕畔。急于生怀，取美人头，合项上，详审端正，而后按捺。已而移枕塞肩际，命朱瘗首静所，乃去。朱妻醒，觉颈间微麻，面颊甲错[注2]，搓之得血片，甚骇。呼婢汲盥。婢见面血狼藉，惊绝。濯之，盆水尽赤。举首则面目全非，又骇极。夫人引镜自照，错愕不能自解。朱入告之。因反复细视，则长眉掩鬓，笑靥承颧，画中人也。解领验之，有红线一周，上下肉色，判然而异。

先是，吴侍御有女甚美，未嫁而丧二夫，故十九

注1　涮肠伐胃：洗肠剖胃。
注2　甲错：指血污结成鱼鳞状的痂。

犹未醮^{注1}也。上元游十王殿，时游人甚杂，内有无赖贼窥而艳之，遂阴访居里，乘夜梯入，穴寝门，杀一婢于床下，逼女与淫，女力拒声喊，贼怒，亦杀之。吴夫人微闻闹声，呼婢往视，见尸骇绝。举家尽起，停尸堂上，置首项侧，一门啼号，纷腾终夜。诘旦，启衾，则身在而失其首。遍挞侍女，谓所守不恪，致葬犬腹。侍御告郡，郡严限捕贼，三月而罪人弗得。渐有以朱家换头之异，闻吴公者。吴疑之，遣媪探诸其家。入见夫人，骇走以告吴公。公视女尸故存，惊疑无以自决。猜朱以左道^{注2}杀女，往诘朱。朱曰："室人梦易其首，实不解其何故。谓仆杀之，则冤也。"吴不信，讼之。收家人鞫之，一如朱言，郡守不能决。朱归，求计于陆。陆曰："不难，当使伊女自言之。"吴夜梦女曰："儿为苏溪杨大年所贼，无与朱孝廉。彼不艳于其妻，陆判官取儿头与之易之，是儿身死而头生也。愿勿相仇。"醒告夫人，所梦同。乃言于官。问之，果有杨大年。执而械之，遂伏其罪。吴乃诣朱，请见夫人。由此为翁婿。乃以朱妻首合女尸而葬焉。

注1 醮：本指婚礼，后专指女子再嫁。

注2 左道：指邪术。

朱三入礼闱[1]，皆以场规被放[2]，于是灰心仕进，积三十年。一夕，陆告曰："君寿不永矣。"问其期，对以五日。"能相救否？"曰："惟天所命，人何能私？且自达人观之，生死一耳，何必生之为乐，死之为悲？"朱以为然，即治衣衾棺椁。既竟，盛服而殁。

翌日，夫人方扶枢哭，朱忽冉冉自外至。夫人惧。朱曰："我诚鬼，不异生时。虑尔寡母孤儿，殊恋恋耳。"夫人大恸，涕垂膺[3]，朱依依慰解之。夫人曰："古有还魂之说，君既有灵，何不再生？"朱曰："天数不可违也。"问："在阴司作何务？"曰："陆判荐我督案务[4]，授有官爵，亦无所苦。"夫人欲再语，朱曰："陆公与我同来，可设酒馔。"趋而出。夫人依言营备。但闻室中笑饮，亮气高声，宛若生前。半夜窥之，窅然[5]已逝。

自是三数日辄一来，时而留宿缱绻，家中事就便经纪。子玮方五岁，来辄捉抱；至七八岁，则灯

注1　礼闱：会试。
注2　放：驱逐。
注3　膺：胸。
注4　案务：案牍方面的事务。
注5　窅然：深远而不可见。

下教读。子亦慧，九岁能文，十五入邑庠，竟不知无父也。从此来渐疏，日月至焉[注1]而已。又一夕来，谓夫人曰："今与卿永诀矣。"问："何往？"曰："承帝命为太华卿[注2]，行将远赴，事烦途隔，故不能来。"母子持之哭，曰："勿尔！儿已成立，家计尚可存活，岂有百岁不拆之鸾凤耶！"顾子曰："好为人，勿堕父业。十年后一相见耳。"径出门去，于是遂绝。

后玮二十五举进士，官行人[注3]。奉命祭西岳，道经华阴，忽有舆从羽葆[注4]，驰冲卤簿[注5]。讶之。审视车中人，其父也。下马哭伏道左。父停舆曰："官声好，我目瞑矣。"玮伏不起，朱促舆行，父驰不顾。去数步，回望，解佩刀遣人持赠。遥语曰："佩之当贵。"玮欲追从，见舆马人从，飘忽若风，瞬息不见。痛恨良久。抽刀视之，制极精工，镌字一行，曰："胆欲大而心欲小，智欲圆而行欲方。"玮后官至司马。生五子，曰沉，曰潜，曰沕，曰浑，曰深。一夕，梦父曰："佩刀

注1　日月至焉：偶尔来一次。

注2　太华卿：华山的山神。

注3　行人：明代官职名。负责颁布诏书和祭祀类的事务。

注4　舆从羽葆：指车马仪仗。

注5　卤簿：达官显贵出行时的仪仗。

宜赠浑也。"从之。浑仕为总宪^{注1}，有政声。

异史氏曰："断鹤续凫，矫作者妄。移花接木，创始者奇。而况加凿削于肝肠，施刀锥于颈项者哉？陆公者，可谓媸皮裹妍骨矣。明季至今，为岁不远，陵阳陆公犹存乎？尚有灵焉否也？为之执鞭，所欣慕焉。"

注1　总宪：明清都察院左都御史的别称。

【聊斋志异·陆判】 于受万 绘

俗将死矣前夕冒寒令朱加斧鑽耶判啟濃斟微笑曰非也以家上高義
相訂夜偶踐敢達人之約宋大悅牽衣促坐即起滌器勢久判曰天道
溫和可以冷飲宋如命置瓶案上宋告家人治有果妻聞大駭戒勿出宋不
聽立俟治具以出易酒交酬始詢姓氏曰我陸姓元名字興訥古典應答如
響問削前菜多妍媛亦頗韻之陰司誦讀興陽世略同陸豪飲一舉十
觥朱因日竟日飲遂不覺玉山傾頽伏几醺睡醒則殘燭昏黃客已去矣
是三兩日輒一來情益洽時抵足臥朱獻窗稿陸輒紅勒之都言不佳一
夜朱醉先寢陸猶自酌忽醉夢中覺臟腑微痛醒而視之即陸危坐床
前破腔出腸胃條條整理愕曰無仇怨何以見殺陸笑云勿懼我為君易

陸判

陵陽朱爾旦字小明性豪放然素鈍學雖篤尚未知名一日文社衆飲或戲之

云君有豪名能深夜赴十王殿負浮左廊判官來衆當醵作筵會靈陽

有十王殿神鬼皆以木雕妝飾如生東廡有立判緣面赤髯貌尤獰惡或

夜聞兩廡搜訊聲入者毛皆森竪故衆以此難朱～笑起逕去居無何問外

大呼曰我請尊師宝笑衆皆起俄負判入置几上奉觴酹之三衆睹之驚

縮不安於座仍請負去朱又起酹而祝地曰門生狂率不文大宗師諒不為

怪荒舍匪遥合乘興來覔飲幸勿為神拒～且負之去次日衆果招飲抵暮

朱醉而歸興未闌挑燈獨酌忽有人搴簾入視之則判官也朱起曰意吾

場而目想亦可更山荊予待髮亦不甚佳麗尚欲

煩君刀斧如何陸笑曰諾客徐圖之過數日夜半來叩關朱急起延入燭之見

襟裹一物訝問之曰君曩所囑向艱物色適得一美人首敬報君命朱撥視

頸血猶濕陸立促走勿驚禽犬朱慮門戶夜扃陸至一手推扉扉自闢引

至臥室見夫人側身眠陸以頭授朱抱之自於靴中出白刃如匕首按夫人項著

力如切腐狀迎刃而解首落枕畔急於生懷取美人首合項上詳審端正而後

按捺令遍移枕塞肩際命朱瘞首靜所乃去朱妻醒覺頸間微麻而頰甲

錯搓之得血片甚多甚駭呼婢汲盥婢見面血狼藉驚絕濯之盆水盡赤舉

首則面目全非又駭極夫人引鏡自炤錯愕不能自解朱入告之因反復細

慧心耳。從容納腸已，復合之，末以裹足布束朱腰。作用畢，視榻上亦無血
跡。但覺腹隱隱作痛。見陸置肉塊几上，問之，曰：「此君心也，作文不快，知君之毛竅
塞耳。適在冥間，於千萬心中，揀得佳者一枚，為君易之，留此以補闕數。」乃起，搜
扉言。天明解視，則創縫已合，有綖而赤。自是文思大進，過眼不忘。數
日，又出文示陸，曰：「可矣。但君福薄，不能大顯貴，鄉科而已。」問：「何時？」曰：「今歲必
魁。」未幾，科試冠軍，秋闈果中經元。同社生素揶揄之，及見闈墨，相視而驚。
細詢，始知其異，共求朱先容，願納交陸，陸諾之。眾大設以待之，更初，陸至，亦歸。
生動目炯炯如電，眾以次為壽，駭懼欲遁，漸引去。朱乃攜陸歸飲，院醺，朱
先賜慧心，然後方且熱有此第，知可否二事欲相煩，不知可否。陸便請命，朱曰：「心腸可

之收家人輜之一如宋言郡守不允決宋婦求訴于陸之曰某難嘗爲偶佳女自言
之男役夢女曰兒爲蘇溪楊大年所戒則無與宋孕慮彼不豔于其妻陸判官
取兒頌興之楊之迁兒身死而頭生也顧勿相帆醒若天人嘗夢同乃言于官
卅之果有楊大年軋而械之遂伏其罪吳乃詣宋請見夫人由此爲翁壻乃以
宋妻首合女戶而兹爲宋三八礼聞皆以場規視放于逆灰心生住積三十年一
陸首告曰君寄不永笑卿其期對以五日能相救否同帷天命命人何能礼出自逴
夕觀易曰君甫祈辭便進葉死之爲延宋以爲延即治衣食衣槥殮豈盛
易心告曰天人方扶柩哭宋忽丹之自外空天人俱宋曰我誠兒不異生時
服而沒翌日天人方扶柩哭宋忽丹之自外空天人俱宋曰我誠兒不異生時
慮甫孪身母孤兒殊戀々卧天人大慟沸萬績宋依々慰解之天人曰古有還魂之

視則長眉掩鬢異笑醼承顏畫中人也解領驗之有紅綫一周上下匀色判

然而異先是吳侍御有女甚美未嫁而喪二天故十九猶未醮也上元遊十

王殿時游人甚雜內有無賴賊窺而艷之遂陰訪居里東之役梯入穴寢時

殺一婢于牀下逼女女力拒聲喊賊怒亦殺之吳天人微聞鬧聲呼婢往

視見尸駭絕舉家盡起停尸堂上置首項側一門啼號紛擾終夜詰旦

啟余則骨在而失其首偏撻侍女詰所守不恪笞楚慘毒侍御告郡嚴限

捕賊則甸罪人帛淨漸有以朱家換頭之異聞吳公者吳鬚之遣媼探諸

其家入見夫人駭走以告吳公視女尸故存驚疑無以自決乃以厚道殺

女往詰朱朱曰室人夢易其首實不解其何故謂僕殺之則寃也吳不信訟

之審視車中人其父也下馬哭伏道左父俾興曰官聲好我目瞭笑瑋伏不起宋
促興行火馳不顧去數步囬望瞬刀遣人持瞳逆語曰佩之當貴瑋欲追
泛見興馬人泣飄忽去見瞳息不見瑋恨良久抽刀視之寒梅精工鋒字一行
曰胆欲大而心欲小智欲圓而行欲方瑋後官至司馬生五子曰沆曰瀯曰泗曰渾
曰深一夕夢父曰佩刀室瞻渾也泛之渾任為捲憲有政聲
異史氏曰衙鶴續兔嬌作者武移花接木剜始者奇而況加鑿削于肝
腸施刀雖拴頸項者武陸公若可謂嬌艾矣妍骨矣明車至今為歲不
遠陵陽陸公猶存乎尚有靈焉否也為之皷頬顙於墓焉

卯齋志卷

聊齋志異

說君既有靈何不與生米曰元數不可遽也閉在陰司作何務曰陸判待我鞫案

務稍有官爵亦不苦夫人欲再語朱曰陸公與我同來可設酒饌趨而出夫

人依言營俱但聞室中笑飲亮蕞高廳究若生前半夜窺之宵然已逝自是

三數日報一來時而留宿遺俊家中事就便緫紀子瑋方五歲來輒提抱掌之八

歲則燈下教讀子亦慧九歲能丈十五入邑庠竟不知元父也後此朱漸疎曰月至

敬則逸高而已又一夕來謂夫人曰今與卿永訣矣阿何徃曰承帝命為太華卿行將遠赴事

煩途隔故不能來毋子持之哭曰勿爾兒已成立家計尚可存活豈有百歲不析

之靈鳳耶鳴子曰好為人勿墮父業十年後一相見卽出門去遂絕後

瑋二十五舉進士官行人奉命祭西岳道經華陰忽有輿從羽葆馳衝鹵薄詳

双灯

改写自《聊斋志异·双灯》

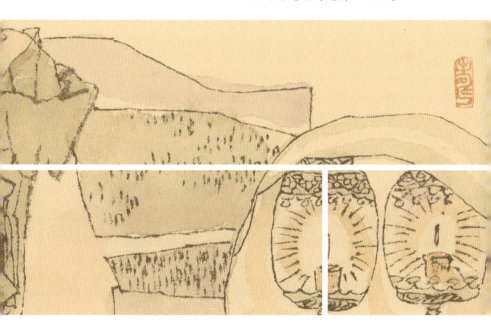

魏家二小，父母双亡，没念过几年书，跟着舅舅卖酒。舅舅开了一座糟坊，就在村口，不大，生意也清淡，顾客不多。糟坊前边，有一些甑子、水桶、酒缸。后面是一个很大的院子，荒荒凉凉，什么也没有，开了一地的野花。后院有一座小楼。楼下是空的，二小住在楼上。每天太阳落了山，关了大门，就剩二小一个人了。他倒不觉得闷。有时反反复复想想小时候的事，背两首还记得的千家诗，或是伏在楼窗口看南山。南山暗蓝暗蓝的，没有一星灯火。南山很深，除了打柴的、采药的，不大有人进去。天边的余光退尽了，南山的影子模糊了，星星一个一个地出齐了，村里有几声狗叫，二小睡了，连灯都不点。一年一年，二小长得像个大人了，模样很清秀，因为家寒，还没有说亲。

一天晚上，二小已经躺下了，听见楼下有脚步声，还似不止一个人。不大会，踢踢踏踏，上了楼梯。二小一骨碌坐起来："谁？"只见两个小丫环挑着

双灯，已经到了床跟前。后面是一个少年书生，领
着一个女郎。到了床前，微微一笑。二小惊得说不
出话来。一想：这是狐狸精！腾地一下，汗毛都立
起来了，低着头，不敢斜视一眼。书生又笑了笑说：
"你不要猜疑。我妹妹和你有缘，应该让她和你作
伴。"二小看看书生，一身貂皮绸缎，华丽耀眼；
看看自己，粗布衣裤，自己直觉得寒碜，不知道说
什么好。书生领着丫环，丫环留下双灯，他们径自
走了。

剩下女郎一个人。

二小细细地看了女郎，像画上画的仙女，越看越喜
欢，只是自己是个卖酒的，浑身酒糟气，怎么配得
上这样的仙女呢？想说两句风流一点的话，一句也
说不出，傻了。女郎看看他，说："你不是念'子
曰'的，怎么那么书呆子气！我手冷，给我焐焐！"
一步走向前，把二小推倒在床上，把手伸在他怀

里。焐了一会，二小问："还冷吗？"——"不冷了，我现在身上冷。"二小翻身把她搂了起来。二小从来没有干过这种事。不过这种事是不需人教的。

鸡叫了，两个小丫环来，挑起双灯，把女郎引走了。到楼梯口，女郎回头：

"我晚上来。"

"我等你。"

夜长，他们赌猜枚。二小拎了一壶酒，笸箩里装了一堆豆子："我藏你猜，猜对了，我喝一口酒。"他用右手攥了豆子："几颗？"

"三颗！"

摊开手：三颗！

又攥了一把："几颗？"

"十一！"

摊开手，十一颗！

猜了十次，都猜对了，二小喝了好几杯酒。

"这样猜法，你要喝醉了，你没个赢的时候，不如我藏，你猜，这样你还能赢几把。"

这样过了半年。

一天，太阳将落，二小关了大门，到了后院，看见女郎坐在墙头上，这天她打扮得格外标致，水红衫子，白蝶绢裙，鬓边插了一支珍珠偏凤。她招招手："你过来。"把手伸给二小，墙不高，轻轻一拉，二小就过了墙。

"你今天来得早？"

"我要走了，你送送我。"

"要走？为什么要走？"

"缘尽了。"

"什么叫'缘'？"

"缘就是爱。"

"……"

"我喜欢你，我来了。我开始觉得我就要不那么喜欢你了，我就得走。"

"你忍心？"

"我舍不得你，但是我得走。我们，和你们人不一样，不能凑合。"

说着已到村外，那两个小丫环挑着双灯等在那里，她们一直走向南山。

到了高处，女郎回头：

"再见了。"

二小呆呆地站着，远远看见双灯一会明，一会灭，越来越远，渐渐看不见了，二小好像掉了魂。

这天傍晚，山上的双灯，村里人都看见了。

一九八八年六月十日

原载《上海文学》一九八九年第一期

双灯

——《聊斋新义》

汪曾祺

魏家二小，父母双亡，读过几年书，跟着舅舅卖酒。卖完了酒，一壶挑着，就走村口。不久，生意也清淡，积蓄不多，靠着前进，用一些……水桶、酒缸、后面是一了很大的庭院了，荒也凉也，什么也没有，什么也没有，种了一把的葵花，后院有一座小楼，楼下是空的，二小住在楼上。每天太阳落了山，关了大门，就剩二小一了人。

了。她倒不觉得闷，有时反反复复地想起小时候的事。背两首还记得的十字诗。我走似走近窗口看南山。南山暗蓝暗蓝的，没有一星灯火。南山很深，除了打柴的、采药的，不大有人进去。天也中差走进去了。南山的影子模糊了，望是一点一点地去看了。村里有几户狗叫，二小睡了，连灯都不亮。一年一年，二小长得象个大人了。模样很清秀。因为家贫，还没有说亲。

一天晚上，二小已经躺下了，听见楼下有

20×10=200

脚步声，远洲扑上一了人。尔大急，路走踏上
了了楼梯。二小一脊绿发起身二小派。二足，
两了小丫鬟挑着双灯，丘细姑乙乙乙乙北着灯乙
乙往到了床跟前。丘向是一了少年书生，镇着
一了王脚，到了床前，微之一笑。二小惊得说
不出话来。一想：己足狐理精！腾地一下，汗
毛都立起来了，低着头，不敢斜视一眼。书生
笑了笑说："你不要惊慌。我姝之和你有缘，
来俗让她和你做伴。"二小看了书生，一身绸
缎，华而耀眼；看了自己，粗布衣裳。自己迪

觉得寒碜，不知道说什么好。青年摇着头，叹了摆摆，熄下双灯，他俩独自走了。

剩下女郎一个人。

二小细细地看着女郎，象画上画的仙女。越看越喜欢，只是自己又丑又穷呵，浑身的穷气，怎么配得上这样的仙女呢？想说两句家常一点的话，一句也说不出，傻了。女郎看看他，说："你不是怎么了口？别，怎么那么害羞了呢！我手冷，给我焐一焐！"一边走向前，把二小拉倒在床上，把手伸进他怀里。焐了一会，

144

第5页

二小问："还冷吗？"——"不冷了，我现在不冷。"二小翻身把她搂了起来。二小从来没有干过这种事。不过这种事是不需人教的。

唱呀了，两个小子紧爱，挨近火炉，把女郎引逗了。到楼梯口，女郎回头：

"我晚上来。"

"我等你。"

夜去，他们烤糯坟。二小拾了一壶酒，倒满盏里笑了一雄主了："我藏的酒，借对了，我喝一口酒。"他用右手擦了嘴子："几数？"

"三颗。"

摊开手：三颗！

又摇了一把："几颗？"

"十一！"

摊开手，十一颗！

猜了十次，都猜对了，二小喝了好几杯酒。

"这样猜法，你会喝醉了，不如收藏，你 ~~你没有赢的时候~~

猜，这样你还能赢几把。"

这样过了半年。

一天，天蒙蒙将亮，二小美了大门，到了

石阶，看见士郎坐在槽头上，正在地打扮得花枝招展。

外□□，水红衫子，百褶裙裙，圆鬓□挿了一只珍珠偏凤。她招一手："你还来"。把手伸低三分，槽不高，轻一按，三人就过了槽。

"你今天来得早。"

"我写完了，你送之外。"

"字完？为什么定走？"

"缘尽了。"

"什么叫'缘'？"

"缘就是爱。"

"我喜欢你，我来了。我开始觉得我好像不那么喜欢你了，我就得走。"

"你恶心？"

"我挺喜欢你，但是我得走。我们，和你们的人不一样，不能凑合。"

说完看都不到指外，那两了小了鬓批着到好半往那里，我们一直走向南山。

到了高处，女郎回头：

"再见了。"

148

第9页

二小朵朵地跑着，远远看见双扑一会明，一会灭，越来越远，渐渐看不见了。二小好象掉了魂。

这天晚晚，山上的双扑，村里人都看见了。

一九八四年二月十日

1996 年，汪曾祺在北京虎坊桥新居书房

【聊斋志异·双灯】 蒲松龄 原文

魏运旺，益都[注1]之盆泉人，故世族大家也。后式微，不能供读。年二十余，废学，就岳业酤[注2]。

一夕，魏独卧酒楼上，忽闻楼下踏蹴声。魏惊起悚听。声渐近，寻梯而上，步步繁响。无何，双婢挑灯，已至榻下。后一年少书生，导一女郎，近榻微笑。魏大愕怪。转知为狐，发毛森竖，俯首不敢眤。书生笑曰："君勿见猜。舍妹与有前因，便合奉事。"魏视书生，锦貂炫目，自惭形秽，觍颜不知所对。书生率婢子，遗灯竟去。

魏细瞻女郎，楚楚若仙，心甚悦之。然惭怍不能作游语[注3]。女郎顾笑曰："君非抱本头者，何作措大[注4]气？"遽近枕席，暖手于怀。魏始为之

注1　益都：今山东益都县，明清时青州府治所在。
注2　就岳业酤：跟着岳父卖酒。酤：买酒或卖酒。
注3　游语：戏谑、挑逗之词。
注4　措大：指贫困失意的读书人。

破颜，捋袴相嘲，遂与狎昵。晓钟未发，双鬟即来引去。复订夜约。至晚，女果至，笑曰："痴郎何福，不费一钱，得如此佳妇，夜夜自投到也。"魏喜无人，置酒与饮，赌藏枚^{注1}，女子十有九赢。乃笑曰："不如妾约^{注2}枚子，君自猜之，中则胜，否则负。若使猜妾，君当无赢时。"遂如其言，通夕为乐。既而将寝，曰："昨宵衾褥涩冷，令人不可耐。"遂唤婢襆被来，展布榻间，绮縠香软。顷之，缓带交偎，口脂浓射，真不数汉家温柔乡也。自此，遂以为常。

后半年，魏归家。适月夜与妻话，窗间忽见女郎华妆坐墙头，以手相招。魏近就之。女援之，逾垣而出，把手而告曰："今与君别矣。请送我数武^{注3}，以表半载绸缪之义。"魏惊叩其故，女曰："姻缘自有定数，何待说也。"语次，至村外，前婢挑双灯以待，竟赴南山，登高处，乃辞魏言别。魏留之不得，遂去。魏伫立彷徨，遥见双灯明灭，渐远不可睹，怏郁而反。是夜山头灯火，村人悉望见之。

注1　藏枚：古代一种猜赌游戏。

注2　约：握着。

注3　数武：数步。

152

【聊斋志异·双灯】 于受万 绘

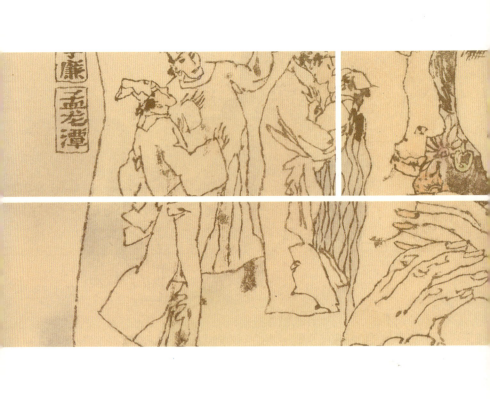

画 壁

改写自《聊斋志异·画壁》

有一商队，从长安出发，将往大秦。朱守素，排行第三，有货物十驮，亦附队同行。这十个驮子，装的都是上好的丝绸。"象眼""方胜"花样新鲜；"海榴""石竹"，颜色美丽。如到大秦，可获巨利。驼队到了酒泉，需要休息。那酒泉水好。要把皮囊灌满，让骆驼也喝足了水。

酒泉有一座佛寺，殿宇虽不甚弘大，但是佛像庄严，两壁的画是高手画师手笔，名传远近。朱守素很想去瞻望。他把骆驼、驮子、水囊托付给同行旅伴，径自往佛寺中来。

寺中长老出门肃客。长老内养丰润，面色微红，眉白如雪，着杏黄褊衫，合十为礼，引导朱守素各处随喜，果然是一座幽雅寺院，画栋雕窗，一尘不到。阶前开两株檐蔔，池边冒几束菖蒲。

进了正殿，朱守素慢慢地去看两边画壁。西壁画鬼

子母，不甚动人。东壁画散花天女。花雨缤纷，或
飘或落。天女皆衣如出水，带若当风。面目姣好，
肌体丰盈。有一垂发少女，拈花微笑，樱唇欲动，
眼波将流。朱守素目不转瞬，看了又看，心摇意动，
想入非非。忽然觉得自己飘了起来，如同腾云驾
雾，落定之后，已在墙上。举目看看，殿阁重重，
极其华丽，不似人间。有一老僧在座上说法，围听
的人很多。朱守素也杂在人群中听了一会。忽然觉
得有人轻轻拉了一下他的衣袖，一回头，正是那个
垂发少女。她嫣然一笑，走了。朱守素尾随着她，
经过一道曲曲折折的游廊，到了一所精精致致的小
屋跟前，朱守素不知这是什么所在，脚下踌躇。少
女举起手中花，远远地向他招了招。朱守素紧走了
几步，追了上去。一进屋，没有人，上去就把她抱
住了。

少女梳理垂衣，穿好衣裳，轻轻开门，回头说："不
要咳嗽！"关了门。

晚上，轻轻地开了门，又来了。

这样过了两天。女伴们发觉少女神采变异，喊喊喳喳了一阵，一窝蜂似的闯进拈花少女的屋子，七手八脚，到处一搜，把朱守素搜了出来。

"哈！肚子里已经有了娃娃，还头发蓬蓬的学了处女样子呀，不行！"

女伴们捧了簪环首饰，一起说：

"上头！"

少女含羞不语，只好由她们摆布。七手八脚，一会儿就把头给梳上了。一个胖天女说：

"姐姐妹妹们，咱们别老呆着，叫人家不乐意！"——"噢！"天女们一窝蜂又都散了。

朱守素看看女郎，云髻高簇，凤鬟低垂，比垂发时更为艳丽，转目流眄，光彩照人。朱守素把她揽在怀里。她浑身兰花香气。

忽然听到外面皮靴踏地，铿铿作响。女郎神色紧张，说：

"这两天金甲神人巡查得很紧，怕有下界人混入天上。我要去就部随班，供养礼佛。你藏在这个壁橱里，不要出来。"

朱守素呆在壁橱里，壁橱狭小，又黑暗无光，十分气闷。他听听外面，没有声息，就偷偷出来，开门眺望。

朱守素的同伴吃了烧肉胡饼，喝了水，一切准备停当，不见朱守素人影，就都往佛寺中走，问寺中长老，可曾见过这样一个人。长老说："见过见过。"

"他到哪里去了？"

"他去听说法了。"

"在什么地方？"

"不远不远。"

长老用手指弹弹画壁，叫道：

"朱檀越，你怎么去了偌长时间，你的同伴等你很久了！"

大家一看，画上现出朱守素的像，竖起耳朵，好像听见了。

旅伴大声喊道：

"朱三哥！我们要上路了！你的十驮货物如何处置？要不，给你留下？"

朱守素忽然从墙上飘了下来，双眼恍惚，两脚发软。

旅伴齐问：

"你怎么进到画里去了？这是怎么回事？"

朱守素问长老：

"这是怎么回事？"

长老说："幻由心生。心之所想，皆是真实。请看。"

朱守素看看画壁，原来拈花的少女已经高梳云髻，不再是垂发了。

朱守素目瞪口呆。

"走吧走吧。"旅伴们把朱守素推推拥拥，出了山门。

驼队又上路了。骆驼扬着脑袋，眼睛半睁半闭，样子极其温顺，又似极其高傲，仿佛于人世间事皆不屑一顾。骆驼的柔软的大蹄子踩着砂碛，驼队渐行渐远。

一九八八年六月二十日

原载《北京文学》一九八八年第八期

于受万绘《聊斋志异·狐嫁女》

【聊斋志异·画壁】 蒲松龄 原文

江西^{注1}孟龙潭，与朱孝廉^{注2}客都中，偶涉一兰若，殿宇禅舍，俱不甚弘敞，惟一老僧挂搭^{注3}其中。见客入，肃衣出迓^{注4}，导与随喜^{注5}。殿中塑志公^{注6}像，两壁图绘精妙，人物如生。东壁画散花天女，内一垂髫^{注7}者，拈花微笑，樱唇欲动，眼波将流。朱注目久，不觉神摇意夺，恍然凝想。身忽飘飘，如驾云雾，已到壁上。见殿阁重重，非复人世。一老僧说法座上，偏袒绕

注1 江西：清代行省名，与今日江西省辖区略同。

注2 孝廉：孝廉即"孝顺亲长、廉能正直"，是汉代察举制常科中的科目。此处是对举人的雅称。

注3 挂搭：也称"挂褡"，指行脚僧在寺中暂时投宿。

注4 迓：迎接。

注5 随喜：佛教用语，本指依照自己的心愿做善事，这里指到处游观寺院。

注6 志公：指南朝僧人保志（418—514），有"神僧"之誉。

注7 垂髫：指未束发的少女。

视者甚众。朱亦杂立其中。少间，似有人暗牵其裾[注1]。回顾，则垂髫儿，辗然[注2]竟去。履即从之。过曲栏，入一小舍，朱次且[注3]不敢前。女回首，举手中花，遥遥作招状，乃趋之。舍内寂无人，遽拥之，亦不甚拒，遂与狎好。既而闭户去，嘱勿咳。夜乃复至。如此二日。女伴共觉之，共搜得生，戏谓女曰："腹内小郎已许大，尚发蓬蓬学处子耶？"共捧簪珥[注4]，促令上鬟。女含羞不语。一女曰："妹妹姊姊，吾等勿久住，恐人不欢。"群笑而去。生视女，鬟云高簇，鬓凤低垂，比垂髫时尤艳绝也。四顾无人，渐入猥亵，兰麝熏心。乐方未艾，忽闻吉莫靴[注5]铿铿甚厉，缧锁[注6]锵然，旋有纷嚣腾辨之声。女惊起，与生窃窥，则见一金甲使者，黑面如漆，绾锁挈槌，众女环绕之。使者曰："全未？"答言："已全。"使者曰："如有藏匿下界人，即共出首，勿贻伊戚[注7]。"又同声言："无。"

注1　裾：指衣服的前襟。

注2　辗然：笑的样子。

注3　次且（zī jū）：同"趑趄"，形容疑惧不决，犹豫观望之态。

注4　簪珥：发簪和耳环。

注5　吉莫靴：皮靴。吉莫即皮革。

注6　缧锁：拘拿犯人的锁链。

注7　勿贻伊戚：不要自招罪罚。

使者反身鹗顾^{注1}，似将搜匿。女大惧，面如死灰，张皇谓朱曰："可急匿榻下。"乃启壁上小扉，猝遁去。

朱伏，不敢少息。俄闻靴声至房内，复出。未几，烦喧渐远，心稍安，然户外辄有往来语论者。朱踡蹐^{注2}既久，觉耳际蝉鸣，目中火出，景状殆不可忍，惟静听以待女归，竟不复忆身之何自来也。时孟龙潭在殿中，转瞬不见朱，疑以问僧。僧笑曰："往听说法去矣。"问："何处？"曰："不远。"少时，以指弹壁而呼曰："朱檀越^{注3}何久游不归？"旋见壁间画有朱像，倾耳伫立，若有听察。僧又呼曰："游侣久待矣！"遂飘忽自壁而下，灰心木立，目瞪足软。孟大骇，从容问之。盖方伏榻下，闻扣声如雷，故出房窥听也。共视拈花人，螺髻翘然，不复垂髫矣。朱惊拜老僧，而问其故。僧笑曰："幻由人生，贫道何能解！"朱气结而不扬，孟心骇叹而无主。即起，历阶而出。

异史氏曰："'幻由人作'，此言类有道者。人有

注1　鹗顾：瞋目四顾，如鹗之觅食。

注2　踡蹐（jú jí）：畏缩恐惧的样子。

注3　檀越：施主。

淫心，是生亵境；人有亵心，是生怖境。菩萨点化愚蒙，千幻并作，皆人心所自动耳。老婆[注1]心切，惜不闻其言下大悟，披发入山也。"

注1　老婆：指亲切教导学人的修行者。佛教用语。

168

【聊斋志异·画壁】 于受万 绘

【聊斋志异·画壁】　蒲松龄　手稿

从人参谒，老僧说法座上。偏袒绕视者甚众。朱亦杂立其中。少间，似有人暗牵其裾。回顾，则垂髫儿冁然竟去，履即从之。过曲栏，入一小舍，次且不敢前。女回首举手中花遥遥作招状，乃趋之。舍内寂无人，即拥之，亦不甚拒，遂与狎好。既阖户去，嘱勿咳。夜乃复至。如此二日，女伴共觉之，共搜得生，戏谓女曰：腹内小郎已许大，尚发蓬蓬学处子耶？共捧簪珥促令上鬟。女含羞不语。一女曰：姊妹，吾等勿久住，恐人不欢。众笑而去。生视女，髻云高簇，鬟凤低垂，比垂髫时尤艳绝也。四顾无人，渐入猥亵，兰麝熏心，乐方未艾，忽闻吉莫靴铿铿甚厉，缧锁锵然。旋有纷嚣腾辨之声。女惊起，与生窃窥，则见一金甲使者，黑面如漆，绾锁挈槌，众女环绕之。使者曰：全未？答言：已全。使者曰：如有藏匿下界人即共出首，

聊齋志異

人号顾二反曰驅之相與笑駡俄追及乃其子媳心報氣喪默不復語友偶

為不知也者許騰然殊駭士人忸怩吃吃而言曰此長男婦也各隱笑而窺軒

薄者往~自侮良可笑也至于瞑目失明又見神之怒報笑失芙蓉城主不知何

神堂菩薩現身即愁小即君生瞬時門戶兒神雖怒亦何嘗不許自新哉

　　畫壁

江西孟龍潭與朱孝廉客都中偶涉一蘭若殿宇禪舍俱不甚弘敞惟一老

僧挂搭其中見客入肅衣出迓導與隨喜殿中塑誌公像兩壁圖繪精妙人

物如生東壁畫散花天女內一垂髫者拈花微笑櫻唇欲動眼波將流朱注

目久不瞬忽忽疑想身忽飄飄如駕雲霧已到壁上見殿閣重~非

心駭嘆而无主即起歷階遙

異史氏以幻由人作妖言類有道者人有藝也是生

怖壇也菩薩照化幻蒙千幻道作皆人心所目動耳老婆心切惜不聞其

言下大悍披髮入山也

山魈

孫太白嘗言其曾祖肄業於南山柳溝寺麥秋旋里經旬始返啟齋門則案

上塵生窗間絲滿命僕糞除至晚始覺清爽可坐乃拂榻陳臥具扃扉就枕

月色已滿窗矣輾轉移時萬籟俱寂忽聞風聲隆隆山門豁然作響竊謂

寺僧失扃注念間風聲漸近居廬俄而房門闢矣大疑之思未定聲已入屋

勿貽伊戚又同聲言无使者反身鶚顧似將搜匿女大懼面如死灰張皇謂朱曰

可急匿榻下乃啟壁上小扉猝遁去朱伏不敢少息俄聞靴聲至房內復出

未幾煩喧漸遠心稍安然戶外輒有往來語論者朱局蹐既久覺耳際蟬鳴

目中火出景狀殆不可忍惟靜聽以待女歸竟不復憶身之何自來也時孟龍潭

在殿中軒瞬不見朱疑以問僧僧笑曰往聽說法去矣問何處曰不遠少時

以指彈壁而呼曰朱檀越何久游不歸旋壁間有朱像仰首竚立若有聽

眾僧又呼曰游侶久待矣遂飄忽自壁而下灰心木立目瞪足軟孟大駭從容問

之蓋方伏榻下聞扣聲如雷故出房窺聽也共視拈花人螺髻翹然不復垂髫矣

朱驚拜老僧而問其故僧笑曰幻由人生何能解朱氣結而不揚孟

聊齋志異

捕快张三

改写自《聊斋志异·佟客·异史氏曰》

捕快张三，结婚半年。他好一杯酒，于色上寻常。他经常出外办差，三天五日不回家。媳妇正在年轻，空房难守，就和一个油头光棍勾搭上了。明来暗去，非止一日。街坊邻里，颇有察觉。水井边，大树下，时常有老太太、小媳妇咬耳朵，挤眼睛，点头，戳手，悄悄议论，嚼老婆舌头。闲言碎语，张三也听到了一句半句。心里存着，不露声色。一回，他出外办差，提前回来了一天。天还没有亮，便往家走。没拐进胡同，远远看见一个人影，从自己家门出来。张三紧赶两步，没赶上。张三拍门进屋，媳妇梳头未毕、挽了纂，正在掠鬓，脸上淡淡的。

"回来了？"

"回来了！"

"提早了一天。"

"差事完了。"

"吃什么？"

"先不吃。——我问你,我不在家,你都干什么了？"

"开门,攲火,喂鸡,择菜,坐锅,煮饭,做针线活,和街坊闲磕牙,说会子话,关门,放狗,挡鸡窝……"

"家里没人来过？"

"隔壁李二嫂来替过鞋样子,对门张二婶借过筐筘……"

"没问你这个！我回来的时候,在胡同口仿佛瞧一个人打咱们家出去,那是谁？"

"你见了鬼了！——吃什么？"

"给我下一碗热汤面，煮两个咸鸡子，烫四两酒。"

媳妇下厨房整治早饭，张三在屋里到处搜寻，看看有什么破绽。翻开被窝，没有什么。一掀枕头，滚出了一枚韭菜叶赤金戒指。张三攥在手里。

媳妇用托盘托了早饭进来。张三说：

"放下。给你看一样东西。"

张三一张手，媳妇浑身就凉了：这个粗心大意的东西！没有什么说的了，扑通一声，跪倒在地：

"我错了。你打吧。"

"打？你给我去死！"

张三从房梁上抽下一根麻绳，交在媳妇手里。

"要我死？"

"去死！"

"那我死得漂漂亮亮的。"

"行！"

"我得打扮打扮，插花戴朵，擦粉抹胭脂，穿上我娘家带来的绣花裙子袄。"

"行！"

"得会子。"

"行！"

媳妇到里屋去打扮，张三在外屋剥开咸鸡子，慢慢喝着酒。四两酒下去了小三两，鸡子吃了一个半，还不见媳妇出来。心想：真麻烦；又一想：也别说，最后一回了，是得好好捯饬捯饬。他忽然成了一个哲学家，举着酒杯，自言自语："你说这人活一辈子，是为了什么呢？"

一会儿，媳妇出来了：喝！眼如秋水，面若桃花，点翠插头，半珠押鬓，银红裙袄粉缎花鞋。到了外屋，眼泪汪汪，向张三拜了三拜。

"你真的要我死呀？"

"别废话，去死！"

"那我就去死啦！"

媳妇进了里屋，听得见她搬了一张机凳，站上去，拴了绳扣，就要挂上了。张三把最后一杯酒一饮而尽，叭叉一声，摔碎了酒杯，大声叫道：

"哈！回来！一顶绿帽子，未必就当真把人压死了！"

这天晚上，张三和他媳妇，琴瑟和谐。夫妻两个，恩恩爱爱，过了一辈子。

按：这个故事见于《聊斋》卷九《佟客》后附"异史氏曰"的议论中。故事与《佟客》实无关系。"异史氏"的议论是说古来臣子不能为君父而死，本来是很坚决的，只因为"一转念"误之。议论后引出这故事，实在毫不相干。故事很一般，但在那样的时代，张三能掀掉"绿头巾"的压力，实在是很豁达，非常难得的。蒲松龄述此故事时语气不免调侃，但字里行间，流露同情，于此可窥见聊斋对贞节的看法。聊斋对妇女常持欣赏眼光，多曲谅，少苛求，这一点，是与曹雪芹相近的。

一九八九年七月二十八日

原载《小说家》一九八九年第六期

董生，徐州人，好击剑，每慷慨自负。偶于途中遇一客，跨蹇同行。与之语，谈吐豪迈；诘其姓字，云："辽阳佟姓。"问："何往？"曰："余出门二十年，适自海外归耳。"董曰："君遨游四海，阅人綦^{注1}多，曾见异人否？"佟曰："异人何等？"董乃自述所好，恨不得异人之传。佟曰："异人何地无之，要必忠臣孝子，始得传其术也。"董又毅然自许。即出佩剑弹之而歌，又斩路侧小树以矜其利。佟掀髯微笑，因便借观。董授之。展玩一过，曰："此甲铁所铸，为汗臭所蒸，最为下品。仆虽未闻剑术，然有一剑颇可用。"遂于衣底出短刃尺许，以削董剑，垂如瓜瓠，应手斜断如马蹄。董骇极，亦请过手，再三拂拭而后返之。邀佟至家，坚留信宿。叩以剑法，谢不知。董按膝雄谈，惟敬听而已。

注1 綦（qí）：极，很。

更既深，忽闻隔院纷拏。隔院为生父居，心惊疑。近壁凝听，但闻人作怒声曰："教汝子速出，即刑，便赦汝！"少顷似加榜掠[注1]，呻吟不绝者，真其父也。生捉戈欲往，佟止之曰："此去恐无生理，宜审万全。"生皇然请教，佟曰："盗坐名相索，必将甘心焉。君无他骨肉，宜嘱后事于妻子。我启户为君警厮仆。"生诺，入告其妻。妻牵衣泣。生壮念顿消，遂共登楼上，寻弓觅矢，以备盗攻。仓皇未已，闻佟在楼檐上笑曰："贼幸去矣。"烛之已杳。逡巡出，则见翁赴邻饮，笼烛方归。惟庭前多编菅[注2]遗灰焉。乃知佟异人也。

异史氏曰："忠孝，人之血性；古来臣子而不能死君父者，其初岂遂无提戈壮往时哉，要皆一转念误之耳。昔解缙与方孝孺相约以死，而卒食其言；安知矢约归后，不听床头人呜泣哉？"

邑有快役[注3]某，每数日不归，妻遂与里中无赖通。一日归，值少年自房中出，大疑，苦诘妻。妻不服。既于床头得少年遗物，妻窘无词，惟长跪哀

注1　榜掠：古代一种刑罚，捶击。
注2　编菅：盖屋的茅苫。
注3　快役：又称捕快、快手，古时州县官署掌缉捕、行刑等职事的差役。

乞。某怒甚，掷以绳，逼令自缢。妻请妆服而死，许之。妻乃入室理妆，某自酌以待之，呵叱频催。俄妻炫服出，含涕拜曰："君果忍令奴死耶？"某盛气咄之。妻返走入房，方将结带，某掷盏呼曰："哈，返矣！一顶绿头巾注1，或不能压人死耳。"遂为夫妇如初。此亦大绅者类也，一笑。

注1　绿头巾：元明时娼妓家的男人要戴绿色头巾。后称妻子有外遇者为戴绿头巾。

于受万绘《聊斋志异·犬奸》

【聊斋志异·佟客】于受万 绘

董生

董妻

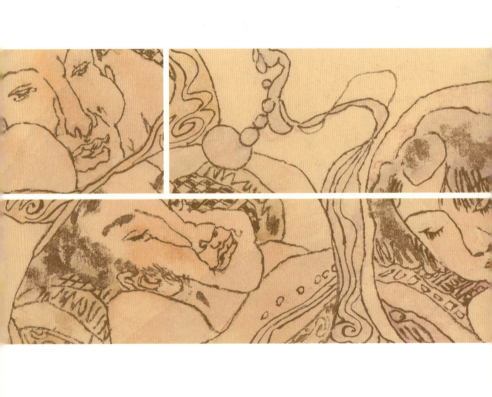

同梦

改写自《聊斋志异·凤阳士人》

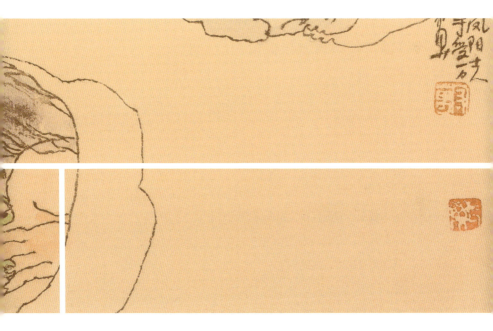

凤阳士人，负笈远游。临行时对妻子说："半年就回来。"年初走的，眼下重阳已经过了。露零白草，叶下空阶。

妻子日夜盼望。

白日好过，长夜难熬。

一天晚上，卸罢残妆，摊开薄被躺下了。

月光透过窗纱，摇晃不定。

窗外是官河。夜航船的橹声咿咿呀呀。

士人妻无法入睡。迷迷糊糊，不免想起往日和丈夫枕席亲狎，翻来覆去折饼。

忽然门帷掀开，进来了一个美人。头上珠花乱颤，系一袭绛色披风，笑吟吟地问道：

"姐姐，你是不是想见你家郎君呀？"

士人妻已经站在地上，说：

"想。"

美人说："走！"

美人拉起士人妻就走。

美人走得很快，像飞一样。

（她的披风飘了起来。）

士人妻也走得很快，像飞一样。

她想：我原来能走得这样轻快！

走了很远很远。

走了好大一会。美人伸手一指。

"来了。"

士人妻一看：丈夫来了，骑了一匹白骡子。

士人见了妻子，大惊，急忙下了坐骑，问：

"上哪儿去？"

美人说："要去探望你。"

士人问妻子："这是谁？"

妻子没来得及回答，美人掩口而笑说："先别忙问这问那，娘子奔波不易，郎君骑了一夜牲口，都累了。骡子也乏了。我家不远，先到我家歇歇，明天一早再走，不晚。"

顺手一指，几步以外，就有个村落。

已经在美人家里了。

有个小丫头，趴在廊子上睡着了。

美人推醒小丫头："起来起来，来客了。"

美人说："今夜月亮好，就在外面坐坐。石台、石榻，随便坐。"

士人把骡子在檐前梧桐树上拴好。

大家就座。

不大会，小丫头捧来一壶酒，各色果子。

美人斟了一杯酒，起立致词：

"鸾凤久乖，圆在今夕，浊醪一觞，敬以为贺。"

士人举杯称谢：

"萍水相逢，打扰不当。"

主客谈笑碰杯，喝了不少酒。

饮酒中间，士人老是注视美人，不停地和她说话。说的都是风月场中调笑言语，把妻子冷落在一边，连一句寒暄的话都没有。

美人眉目含情，和士人应对。话中有意，隐隐约约。

士人妻只好装呆，闷坐一旁，一声不言语。

美人海量，嫌小杯不尽兴，叫取大杯来。

这酒味甜，劲足。

士人说："我不能再喝，不能再喝了。"

"一定要干了这一杯！"

士人乜斜着眼睛，说："你给我唱一支曲儿，我喝！"

美人取过琵琶，定了定弦，唱道：

　　黄昏卸得残妆罢，
　　窗外西风冷透纱。

听蕉声，一阵一阵细雨下，

何处与人闲磕牙？

望穿秋水；

不见还家。

潸潸泪似麻。

又是想他，

又是恨他，

手拿着红绣鞋儿占鬼卦。

士人妻心想：这是唱谁呢？唱我？唱她？唱一个不知道的人？

她把这支小曲全记住了。清清楚楚，一字不落。

美人的声音很甜。

放下琵琶，她举起大杯，一饮而尽。

她的酒上来了。脸儿红扑扑的，眼睛水汪汪的。

"我喝多了，醉了，少陪了。"

她歪歪倒倒地进了屋。

士人也跟了进去。

士人妻想叫住他，门已经关了，插上了。

"这算怎么回事？"

半天，也不见出来。

小丫头伏在廊子上，又睡着了。

月亮明晃晃的。

"我在这儿呆着干什么？我走！"

可是她不认识路，又是夜里。

士人妻的心头猫抓的一样。

她想去看看。

走近窗户，听到里面还没有完事。

美人娇声浪气，声音含含糊糊。

丈夫气喘嘘嘘，还不时咳嗽，跟往常和自己在一起
时一样。

士人妻气得双手直抖。

心想：我不如跳河死了得了！

正要走，见兄弟三郎骑一匹枣红马来了。

"你怎么在这儿？"

"你快来，你姐夫正和一个女人做坏事哪！"

"在哪儿？"

"屋里。"

三郎一听，里面还在唧唧哝哝说话。

三郎大怒，捡了块石头，用力扔向窗户。

窗棂折了几根。

只听里边女人的声音："可了不得啦，郎君的脑袋破了！"

士人妻大哭：

"我想不到你把他杀了，怎么办呢？"

三郎瞪着眼睛说：

"你叫我来，才出得一口恶气，又护汉子，怨兄弟，我不能听你支使！我走！"

士人妻拽住三郎衣袖：

"你上哪儿去？你带我走！"

"去你的！"

三郎一甩袖子，走了。

士人妻摔了个大跟头。她惊醒了。

"啊，是个梦！"

第二天，士人果然回来了，骑了一匹白骡子。士人
妻很奇怪，问：

"你骑的是白骡子？"

士人说："这问得才怪，你不是看见了吗？"

士人拴好骡子。

洗脸，喝茶。

士人说："我昨天晚上做了一个梦。"

"一个什么样的梦？"

士人从头至尾述说了一遍。

士人妻说：“我也做了一个梦，和你的一样，我们俩做了同一个梦！”

正说着，兄弟三郎骑了一匹枣红马来了。

“我昨晚上做梦，姐夫回来了。你果然回来了！——你没事？”

“有人扔了块大石头，正砸在我脑袋上。所幸是在梦里，没事！”

“扔石头的是我！”

三人做了一个梦！

士人妻想：怎么这么巧呀？若说是梦，白骡子、枣红马，又都是实实在在的。这是怎么回事呢？那个披绛色披风的美人又是谁呢？

正在痴呆呆的想，窗外官河里有船扬帆驶过，船上有人弹琵琶唱曲，声音甜甜的，很熟。推开窗户一看，船已过去，一角绛色披风被风吹得搭在舱外飘飘扬扬：

黄昏卸得残妆罢，
窗外西风冷透纱……

附记：此据《凤阳士人》改写。说是"新义"，实不新，我只是把结尾改了一下。

一九八九年八月二日
原载《小说家》一九八九年第六期

【聊斋志异·凤阳士人】 蒲松龄 原文

凤阳^{注1}一士人，负笈远游。谓其妻曰："半年当归。"十余月，竟无耗问。妻翘盼綦切。

一夜，才就枕，纱月摇影，离思萦怀。方反侧间，有一丽人，珠鬟绛帔^{注2}，搴帷而入，笑问："姊姊，得无欲见郎君乎？"妻急起应之。丽人邀与共往。妻惮修阻，丽人但请勿虑。即挽女手出，并踏月色，约行一矢^{注3}之远。觉丽人行迅速，女步履艰涩，呼丽人少待，将归着复履^{注4}。丽人牵坐路侧，自乃捉足，脱履相假。女喜着之，幸不凿枘^{注5}。复起从行，健步如飞。

注1　凤阳：府名，治所在今安徽凤阳县西。

注2　帔：披肩。

注3　一矢：一箭之地，形容道路不远。

注4　复履：夹底鞋。

注5　凿枘：方凿圆枘的省略，比喻格格不入。不合脚。
　　　不凿枘，即很合脚。

移时，见士人跨白骡来。见妻大惊，急下骑，问："何往？"女曰："将以探君。"又顾问丽者伊谁。女未及答，丽人掩口笑曰："且勿问讯。娘子奔波匪易。郎君星驰夜半，人畜想当俱殆。妾家不远，且请息驾，早旦而行，不晚也。"顾数武之外，即有村落，遂同行。入一庭院，丽人促睡婢起供客，曰："今夜月色皎然，不必命烛，小台石榻可坐。"士人縶蹇檐梧[注1]，乃即坐。丽人曰："履大不适于体，途中颇累赘否？归有代步，乞赐还也。"女称谢付之。

俄顷，设酒果，丽人酌曰："鸾凤久乖[注2]，圆在今夕。浊醪一觞，敬以为贺。"士人亦执盏酬报。主客笑言，履舄交错[注3]。士人注视丽者，屡以游词相挑。夫妻乍聚，并不寒暄一语。丽人亦美目流情，妖言隐谜。女惟嘿坐，伪为愚者。

久之渐醺，二人语益狎。又以巨觥劝客，士人以醉辞。劝之益苦，士人笑曰："卿为我度一

注1 縶蹇檐梧：将驴拴在檐前柱子上。蹇，指驴。
注2 鸾凤久乖：指夫妻长久离散。鸾凤，鸾鸟和凤凰，比喻夫妻。
注3 履舄（xì）交错：指鞋子杂乱地放在一起，形容宾客很多。履指鞋子，舄指双底又加木底的鞋子。

曲，即当饮。"丽人不拒，即以牙杖抚提琴而歌曰："黄昏卸得残妆罢，窗外西风冷透纱。听蕉声，一阵一阵细雨下。何处与人闲磕牙？望穿秋水，不见还家，潸潸泪似麻。又是想他，又是恨他，手拿着红绣鞋儿占鬼卦[注1]。"歌竟，笑曰："此市井里巷之谣，不足污君听。然因流俗所尚，姑效颦耳。"音声靡靡，风度狎亵，士人摇惑，若不自禁。

少间，丽人伪醉离席。士人亦起，从之而去。久之不至，婢子乏疲，伏睡廊下。女独坐，块然无侣，中心愤恚，颇难自堪，思欲遁归，而夜色微茫，不忆道路。辗转无以自主，因起而觇之。才近其窗，则断云零雨之声，隐约可闻。又听之，闻良人与己素常猥亵之状，尽情倾吐。女至此，手颤心摇，殆不可遏，念不如出门窜沟壑以死。愤然方行，忽见弟三郎乘马而至，遽便下问。女具以告。三郎大怒，立与姊回，直入其家，则室门扃闭，枕上之语，犹喁喁也。三郎举巨石如斗抛击，窗棂三五碎断。内大呼曰："郎君脑破矣！奈何？"女闻之愕然，大哭，谓弟曰："我不谋

注1　占鬼卦：古时妇女思念丈夫，盼望早日归来的一种占卜游戏。

与汝杀郎君，今且若何？"三郎撑目^{注1}曰："汝呜呜促我来，甫能消此胸中恶，又护男儿、怒弟兄，我不惯与婢子供指使！"返身欲去。女牵衣曰："汝不携我去，将何之？"三郎挥姊仆地，脱体而去。女顿惊寤，始知其梦。

越日，士人果归，乘白骡。女异之，而未言。士人是夜亦梦，所见所遭，述之悉符，互相骇怪。既而三郎闻姊夫自远归，亦来省问。语次，问士人曰："昨宵梦君归，今果然。"亦大异。士人笑曰："幸不为巨石所毙。"三郎愕然问故，士以梦告。三郎大异之。盖是夜，三郎亦梦遇姊泣诉，愤激投石也。三梦相符，但不知丽人何许耳。

注1　撑目：瞪眼。形容发怒。

【聊斋志异·凤阳士人】 于受万 绘

房星驰仆十人言想当俱馆英家不远，请早旦而行不晚也。顾

数武之外即有村落，遂同行入一庭院，丽人促睡婢起供客，曰：今夜月

色甚佳，不必命烛，小台石榴可坐。士人絷卫檐下，乃即坐丽人曰，婢大

不适於劳，途中颇累，督荞妇有代步，今已歇矣，妳妳拜谢付之。俄婢说

酒来，丽人劝曰：今夕阌逢一玠，敬以为贺。士人亦飒瑶

酬报，主客笑言俱畅，士人注视丽人嘖嘖，词相桃，大妻下聪逆

不寒暄一语，丽人亦美目流情，妖言隐谜，唯嘿坐冯惶為春人之渐

醒，二人话盖狎，又以巨觥劝客，士人以酵辞顾之，益吾士人笑曰：卿為我

度一曲，即當飲藥。丽人不拒，即以纤柔提琴而歌曰：黄昏却尽芳姓

聊齋誌異

鳳陽士人

　鳳陽一士人負笈遠涉謂其妻曰半年當歸十餘月竟無耗閨妻
翹盼甚切一夜纔就枕紗月搖影雜思縈懷方反側間有一麗人珠
鬟絳帔寒而入笑問郎來得無倦耶即扶妻起憇之麗人
邀與共往妻憚修阻麗人但請勿慮師挽妻手出並路月色冏冏行一天
之半覺麗人少待將歸着復履麗人少待將歸着復履麗人牽
坐路側自間乃脫足贈歸着履復徑行健步如
飛移時見士人冷吟曰驢何往女同伴以樂君又
　士人大驚曰下駟阿何往女同伴以樂君又
顧阿麗者係雄女木及答麗人掩口笑曰此朋訊娘于奔波連勞郎即

怒立與姊問遠入其家臥室閉倚閂枕上之譜猶唱之一即舉巨石
如斗拋擊老嫗三五碎頭內大呼曰即爲脳破突奈何世閉之嘮怒大
哭讀弟曰我不謀與汝較即去公其君何三郎揮目曰汝嫗乃促我來
南館消此宵中竟不護男兒汝弟兄我不省與嫗于汝楢便返身欲去
廿葦衣曰汝不攜我去乎何之三郎揮姊仆地悅解而去女顧遶榻啻始知
其夢越曰士人果婦來曰嘿世異之邢地言士人是夜亦夢弟何見亞壁
达之悲彩五相駭怪既而三郎聞姊大逆婦亦來省問諱次諸士人曰
昨宵夢君婦令吳怒求大異士人笑曰果不爲巨石所激死三郎倘越聞
故士以夢吉三郎大異之蓋是夜三郎亦夢遇姊注訴復激校右

聊齋志異

羅鍋外西風冷透衫穗檐聲一陣一陣細雨下何處與人開晤不聞寧

秋水不見還家潸然淚似麻又是恨他又是恨也罕拿著紅繡鞋兒

與泥却歌兒笑曰此市井里巷之謠不足污若聽歌因浣俟所歡姑效

鹽身吟隆靡夙度伸蕖士人摇戲若不自禁少間蕖人僑辭難蕖士

人亦起從之而去久之不至煇于之疲伏睡廊下女獨坐塊然無侶中心

憒憒跙躇且坐且思欲歸而侯色微芒不憶道路輾轉無以自主固起

而覘之裁近其窗則見雙雙挾抱之聲隱隱可聞天悟之與良人與己素

常偎傍之狀盡情吐女宝此千類心撓猶不可為念不如出門覓津滓

娃以死惜悲方行忽見第三郎策馬而至喜遽便下問女上告三郎大

聊齋志異

世三夢相符偃不知麗人何許身

耿十八

新城耿十八病危自知不起靜妻曰永訣在旦晚耳我死汝嫁守由
世請言所志妻哽不語耿固問之且云守固佳嫁亦恆情明言之庸何
傷行與子訣于今耳祝心慰于嫁我意斷也妻乃慘然曰家無儋石在
猶不給何以籠守耿聞之遽握妻臂作恨聲曰忍哉言已而没手猶握
可開妻號家人室兩人擘指力擘之始開耿不自知其死出門見小車十
餘兩每車十人即以方幅書名字粘車上御人見耿從登車視車中已
有九人並己而十又視粘車上己名最後車行咆~峋震耳陰亦不自知

明白官

改写自《聊斋志异·郭安》

《聊斋志异·郭安》记的是真人真事，不是鬼狐故事，没有任何夸张想象，艺术加工。

孙五粒有个男佣人。——孙五粒原名孙秘，后改名珀龄，字五粒。孙之獬之子，孙琰龄之兄，明崇祯六年举人，清顺治三年进士。历任工科、刑科给事中，礼部都给事中，太仆寺少卿，迁鸿胪寺卿，转通政使司左通政使。孙家一门显宦，又是淄川人，和蒲松龄是小同乡。在淄川，一提起孙五粒，是没有人不知道的，因此蒲松龄对他无须介绍。但是外地的后代的人就不知孙五粒是谁了，所以不得不噜苏几句。——这个男佣人独宿一室。恍恍惚惚被人摄了去。到了一处宫殿，一看，上面坐的是阎罗王。阎罗看了看这男佣人，说："错了！要拿的不是此人。"于是下令把他送回去。回来后，这男佣人害怕得不得了，不敢再一个人住在这间屋子里，就换了个地方，住到别处去了。

另外一个佣人，叫郭安，正没有地方住，一看这儿有空屋子空床，"行！这儿不错！"就睡下了。大概是带了几杯酒，一睡，睡得很实。

又一个佣人，叫李禄。这李禄和那被阎王错勾过的男佣人一向有仇，早就想把这小子宰了。这天晚上，拿了一把快刀，到了空屋里，一看，门没有闩，一摸，没错！咔嚓一刀！谁知道杀的不是仇人，是郭安。

郭安的父亲知道儿子被人杀了，告到当官。

当时的知县是陈其善。

陈其善是辽东人，贡士。顺治四年任淄川县知县。顺治九年，调进京，为拾遗。那么陈其善审理此案当在顺治四—九年之间，即1647—1652，距现在差不多三百三十年。

陈其善升堂。

原告被告上堂，陈其善对双方各问了几句话。李禄供认不讳，是他杀了郭安。陈其善沉吟了一会，说："你不是存心杀他，是误杀。没事了，下去吧。"郭安的父亲不干了，哭着喊着："就这样了结啦？我的儿子就白死啦？我这多半辈子就这一个儿子，他死了，我靠谁呀？"——"哦，你没有儿子了？这么办，叫李禄当你的儿子。"郭安的父亲说："我干嘛要他当我的儿子啊？——我不要，不要！"——"不要不行，退堂！"

蒲松龄说：这事儿奇不奇在孙五粒的男佣人见鬼，而奇在陈其善的断案。

（汪曾祺按：孙五粒这时想必不在淄川老家。要不然，家里奴仆之间出了这样的事，他总得过问过问。）

济南府西部有一个县，有一个人杀了人，被杀的那人的老婆告到县里。县太爷大怒，出签拿人，把凶犯拘到，拍桌大骂："人家好好的夫妻，你咋竟然教人家守了寡了呢！现在，就把你配了她，叫你老婆也守寡！"提起硃笔，就把这两人判成了夫妻。

济南府西县令是进士出身。蒲松龄曰："此等明决，皆是甲榜所为，他途不能也。"——这样的英明的判决，只有进士出身的官才作得出，非"正途"出身的县长，是没有这个水平的。

不过，陈其善是贡生，不算"正途"，他判案子也这个样子。蒲松龄最后赞叹道："何途无才！"不论由什么途径而做了官的，哪儿没有人才呀！

一九九一年七月四日
原载《上海文学》一九九二年第一期

【聊斋志异·郭安】 蒲松龄 原文

孙五粒，有僮仆独宿一室，恍惚被人摄去。至一官殿，见阎罗在上，视之曰："误矣，此非是。"因遣送还。既归，大惧，移宿他所。遂有僚仆[注1]郭安者，见榻空闲，因就寝焉。又一仆李禄，与僮有夙怨，久将甘心[注2]，是夜操刀入，扪之，以为僮也，竟杀之。郭父鸣于官。时陈其善为邑宰，殊不苦之[注3]。郭哀号，言："半生止此子，今将何以聊生！"陈即以李禄为之子。郭含冤而退。此不奇于僮之见鬼，而奇于陈之折狱也。

王阮亭曰：新城令陈瑞庵，性仁柔无断。王生与哲典居宅于人，久不给直，讼之于官。陈不能决，但曰：《诗》云：'维鹊有巢，维鸠居之。'生为鹊可也。"

注1　僚仆：同一主人家的仆人。
注2　久将甘心：想要报复，以求痛快。
注3　不苦之：指不让李禄受刑罚之苦。

济之西邑有杀人者，其妇讼之。令怒，立拘凶犯至，拍案骂曰："人家好好夫妇，直^{注1}令寡耶！即以汝配之，亦令汝妻寡守。"遂判合之。此等明决^{注2}，皆是甲榜所为^{注3}，他途不能也。而陈亦尔尔，何途无才！

注1　直：竟然。

注2　明决：反话。讽刺判官很糊涂。

注3　甲榜所为：指进士出身的官员所干的事。明清时，称进士为甲榜，举人为乙榜。

【聊斋志异·郭安】 于受万 绘

牛飞

改写自《聊斋志异·牛飞》

彭二挣买了一头黄牛。牛挺健壮，彭二挣越看越喜欢。夜里，彭二挣做了个梦，梦见牛长翅膀飞了。他觉得这梦不好，要找人详这个梦。

村里有仨老头，有学问，有经验，凡事无所不知，人称"三老"。彭二挣找到三老，三老正在丝瓜架底下抽烟说古。三老是：甲、乙、丙。

彭二挣说了他做了这样一个梦。

甲说："牛怎么会飞呢？这是不可能的事！"

乙说："这也难说。比如说，你那牛要是得了瘸，死了，或者它跑了，被人偷了，你那买牛的钱不是白扔了？这不就是飞了？"

丙是思想最深刻的半大老头，他没十分注意听彭二挣说他的梦，只是慢悠悠地说："啊，你有一头牛？……"

彭二挣越想越嘀咕，决定把牛卖了。他把牛牵到牛市上，豁着赔了本，贱价卖了。卖牛得的钱，包在手巾里，怕丢了，把手巾缠在胳臂上，往回走。

走到半路，看见路旁豆棵里有一只鹰，正在吃一只兔子，已经吃了一半，剩下半只，这鹰正在用钩子嘴叼兔子内脏吃，吃得津津有味。彭二挣轻手轻脚走过去，一伸手，把鹰抓住了。这鹰很乖驯，瞪着两只黄眼珠子，看着彭二挣，既不鸰人，也没有怎么挣蹦。彭二挣心想：这鹰要是卖了，能得不少钱，这可是飞来的外财。他把胳臂上的手巾解下来，用手巾一头把鹰腿拴紧，架在左胳臂上，手巾、钱，还在胳臂上缠着。怕鹰挣开手巾扣，便老是用右手把着鹰。没想到，飞来一只牛虻，在二挣颈子后面猛叮了一口，彭二挣伸右手拍牛虻，拍了一手血。就在这工夫，鹰带着手巾飞了。

彭二挣夺拉着脑袋往回走，在丝瓜棚下又遇见了三老，他把事情的经过，前前后后，跟三老一说。

三老甲说："谁让你相信梦！你要不信梦，就没事。"

乙说："这是天意。不过，虽然这是注定了的，但也是咎由自取。你要是不贪图外财，不捉那只鹰，鹰怎么会飞了呢？牛不会飞，而鹰会飞。鹰之飞，即牛之飞也。"

半大老头丙曰：

"世上本无所谓牛不牛，自然也即无所谓飞不飞。无所谓，无所谓。"

一九九一年七月八日

原载《上海文学》一九九二年第一期

于受万绘《聊斋志异·野狗》

【聊斋志异·牛飞】蒲松龄 原文

邑人某，购一牛，颇健。夜梦牛生两翼飞去，以为不祥，疑有丧失。牵入市损价售之。以巾裹金，缠臂上。归至半途，见有鹰食残兔，近之甚驯。遂以巾头紧股[注1]，臂之[注2]。鹰屡摆扑，把捉稍懈，带巾腾去。此虽定数，然不疑梦，不贪拾遗，则走者何遽能飞哉？

注1　紧股：拴住鹰腿。

注2　臂之：架鹰于臂上。

于受万绘《聊斋志异·四十千》

【聊斋志异·牛飞】 于受万 绘

老虎吃错人

改写自《聊斋志异·赵城虎》

山西赵城有一位老奶奶，穷得什么都没有。同族本家，都很富足，但从来不给她一点赒济，只靠一个独养儿子到山里打点柴，换点盐米，勉强度日。一天，老奶奶的独儿子到山里打柴，被老虎吃了。老奶奶进山哭了三天，哭得非常凄惨。

老虎在洞里听见老奶奶哭，知道这是它吃的那人的老母亲，老虎非常后悔。老虎心想：老虎吃人，本来不错。老虎嘛，天生是要吃人的。如果吃的是坏人——强人，恶人，专门整人的人，那就更好。可是这回吃的是一个穷老奶奶的儿子，真是不应该。我吃了他儿子，她还怎么活呀？老奶奶哭得呼天抢地，老虎听得也直掉泪。

老奶奶哭了三天，愣了一会，说："不行！我得告它去。"

老奶奶到了县大堂，高喊"冤枉！"

县官升堂，问老奶奶："告什么人？"

"告老虎！"

"告老虎？"

老奶奶把老虎怎么吃了她的独儿子，哭诉了一遍。这位县官脾气倒挺好，笑笑地对老奶奶说："我是县官，治理一方，我可管不了老虎呀！"

"你不管老虎，只管黄鼠狼？"

衙役们一齐吼叫：

"喊！不要胡说！"

衙役们要把老奶奶轰下堂，老奶奶死活不走，拍着县大堂的方砖地，又哭又闹。县官叫她闹得没有办法，只好说:"好好好，我答应你，去捉这只老虎。"
这老奶奶还挺懂衙门里的规矩，非要老爷发下火签
拘票不可。县官只好填了拘票，掣出一支火签。可
是，叫谁去呀？衙役们你看看我，我看看你，并无
一人应声。有一个衙役外号二百五，做事缺心眼，
还爱喝酒，这天喝得半醉了，站出来说:"我去！"
二百五当堂接了火签拘票，老奶奶才走。县官退堂，
不提。

二百五回家睡了一觉，酒醒了，一摸枕头旁边的
火签拘票:"唔？我又干了什么缺心眼的事了？"
二百五的心思，原想做一出假戏，把老奶奶糊弄
走，好给老爷解围，没想到这火签拘票是动真格的
官法，开不得玩笑的。拘票上批明了比限日期，过
期拘不到案犯，是要挨板子的。无奈，只好求老爷
派几名猎户陪他一块进山，日夜在山谷里猫着，希
望随便捕捉一只老虎，就可以搪塞过去。不想过了
一个月，也没捉到一根老虎毛。二百五不知挨了多

少板子，屁股都打烂了，只好到东门外岳庙去给东岳大帝烧香跪拜，求东岳大帝庇佑，一边说，一边哭。哭拜完了，转过身，看见一只老虎从外面走了进来。二百五怕老虎吃他，直往后退。咳，老虎进来，往门当中一蹲，一动不动，不像要吃人的样子。二百五乍着胆子，问："是是是你吃了老奶奶奶奶的儿儿儿子吗？"老虎点点头。"是你吃了老奶奶的儿子，你就低下脑袋，让我套上铁链，跟我一起去见官。"老虎果然把脑袋低了下来。二百五抖出铁链，给老虎套上，牵着老虎到了县衙。

县官对老虎说："杀人偿命，律有明文。你是老虎，我不能判你个斩立决、绞监候。不过，你吃了老奶奶的独儿子，叫她怎么生活呢？这么着吧，你如果能当老奶奶的儿子，负责赡养老人，我就判你个无罪释放。"老虎点点头。县官叫二百五给它松了铁链，老虎举起前爪冲县官拜了一拜，走了。

老奶奶听说县官把老虎放了，气得一夜睡不着。天亮开门，看见门外躺着一头死鹿。老奶奶把鹿皮鹿肉鹿角卖了，得了不少钱。从此，隔个三五天，老虎就给老奶奶送来一头狍子、一头獐子、一头麂子。老奶奶知道老虎都是天不亮送野物来，就开门等着它。日子长了，就熟了。有时老虎来了，老奶奶就对老虎说："儿你累了，躺下歇会吧。"老虎就在房檐下躺下。人在屋里躺着，虎在屋外躺着，相安无事。

街坊邻居知道老奶奶家躺着老虎，都不敢进来，只有二百五敢来。他和老虎混得很熟，二百五跟它说点什么，老虎能懂。老虎心里想什么，动动爪子，摇摇尾巴，二百五也能明白。

老奶奶攒了不少钱，都放在一口白木箱子里。老奶奶对老虎说："这钱是你挣的！"老虎笑了，点点头。

老奶奶死了。

二百五来了，老虎也来了。

老虎指指那口白木箱，示意二百五抱着。二百五不知道要他去干什么。老虎咬着他的衣角，走到一家棺材铺，指指。二百五明白了，它要给老娘买口棺材。二百五照办了。老虎又咬着二百五的衣角，二百五跟着它走。走到一家泥瓦匠门前，老虎又指指。二百五明白了，它要给老娘修一座坟。二百五也照办了。

老虎对二百五拱拱前爪，进山了。

箱子里还剩不少钱，二百五不知道怎么处置，除了给自己买一瓶汾酒，喝了，其余的就原数封存在老奶奶的屋里。

老奶奶安葬时倒很风光，同族本家：小叔子、大伯子、八侄儿、九外甥披麻戴孝，到坟墓前致礼尽哀。致礼尽哀之后，就乱打了起来。原来他们之来，是知道老奶奶留下不少钱，来议论如何瓜分的。瓜分不均，于是动武。

正在打得难解难分，听得"呜——嗥"一声，全都吓得四散奔逃：老虎来了。老虎对这些小叔子、大伯子、八侄儿、九外甥，每一个都尽到了礼数，平均对待，在每个人小腿上咬了一口。

剩下的钱做什么用处呢？二百五问老虎。老虎咬着他的衣角，到了一家银匠铺，指指柜橱里挂着的长命锁。

"你，要，打，一，副，长，命，锁？"

老虎点点头。

"锁上錾什么字？——‘长命百岁’？"

老虎摇摇头。

"那么，‘永锡遐昌’？"

老虎摇摇头。

"那錾什么字？"

老虎比划了半天，二百五可作了难，左思右想，豁然明白了，问老虎：

"给你錾四个字：‘专吃坏人’？"

老虎连连点头。

银匠照式做好。二百五给老虎戴上。

呜唱一声，老虎回山了。

从此，凡是自己觉得是坏人的人，都不敢进这座山。

一九九一年十月十二日

原载《小说林》一九九二年第一期[注1]

注1　本文与《人变老虎》以《虎二题》一同发表。

于受万绘《聊斋志异·晚霞》

【聊斋志异·赵城虎】 蒲松龄 原文

赵城[注1]妪，年七十余，止一子。一日入山，为虎所噬。妪悲痛，几不欲活，号啼而诉于宰。宰笑曰："虎何可以官法制之乎？"妪愈号啕，不能制止。宰叱之，亦不畏惧。又怜其老，不忍加威怒，遂诺为捉虎。妪伏不去，必待勾牒[注2]出，乃肯行。宰无奈之，即问诸役，谁能往者。一隶名李能，醺醉诣座下，自言能之。持牒下，妪始去。隶醒而悔之，犹谓宰之伪局，姑以解妪扰耳，因亦不甚为意。持牒报缴[注3]。宰怒曰："固言能之，何容复悔？"隶窘甚，请牒拘猎户。宰从之。隶集诸猎人，日夜伏山谷，冀得一虎，庶可塞责。月余，受杖数百，冤苦罔控。遂诣东郭岳庙，跪而祝之，哭失声。无何，一虎自外来。隶错愕，

注1　赵城：旧县名。治今山西洪洞县境内。

注2　勾牒：拘捕犯人的公文。

注3　持牒报缴：到了期限交回令牒复命。

恐被咥^{注1}噬。虎入，殊不他顾，蹲立门中。隶祝曰："如杀某子者尔也，其俯听吾缚。"遂出缧索挈虎项，虎帖耳受缚。牵达县署，宰问虎曰："某子，尔噬之耶？"虎颔之。宰曰："杀人者死，古之定律。且妪止一子，而尔杀之，彼残年垂尽，何以生活？倘尔能为若子也，我将赦之。"虎又颔之。乃释缚令去。

妪方怨宰之不杀虎以偿子也，迟旦，启扉，则有死鹿。妪货其肉革，用以资度。自是以为常，时衔金帛掷庭中。妪从此致丰裕，奉养过于其子。心窃德虎。虎来，时卧檐下，竟日不去。人畜相安，各无猜忌。数年，妪死，虎来吼于堂中。妪素所积，绰可营葬，族人共瘗之。坟垒方成，虎骤奔来，宾客尽逃。虎直赴冢前，嗥鸣雷动，移时始去。土人立"义虎祠"于东郊，至今犹存。

注1 咥（dié）：咬。

【聊斋志异·赵城虎】于受万 绘

覓苦周控遂詣東郭嶽廟跪而祝之哭失聲無何一虎自外來隸錯愕恐

破唶唶虎入殊不他顧蹲立門中隸祝曰如殺其子者爾也其術聽吾縛遂

出繩縶虎頸虎帖耳受縛牽詣縣署宰問虎曰某子爾噬之耶虎頷之

宰曰殺人者死古之定律且嫗止一子而爾殺之彼殘年垂盡何以生活倘

爾能為若子也我將捨之虎又頷之乃釋縛令去嫗方怨宰之不殺虎以

償子也達旦啟扉則有死鹿嫗貨其肉革用以資度自是以為常時啣金

帛擲庭中嫗從此豐裕奉養過於其子心竊德虎虎來時臥簷下竟日

不去人畜相安各無猜忌數年嫗死虎來吼于堂中嫗素所積緝可營葬

族人共瘞之墳壘方成虎驟奔來賓客盡逃虎直赴塚前嗥鳴聲動移時

虎 甲 趙城虎

趙城嫗年七十餘止一子一日入山為虎所噬嫗悲痛幾不欲活號啼而

訴于宰宰笑曰虎何可以官法制之乎嫗愈號跳不能制止宰叱之亦不

畏懼又憐其老不忍加威怒遂諾為捕虎嫗伏不

去必待勾牒出乃肯行宰無奈之即牒報諸役誰能往者令一隸名

李能醉諾諾坐下自言能之持牒下嫗始去隸醒而悔之猶謂宰之偽局

姑以解嫗撰耳因之不甚為意持牒報繳宰怒曰固言能之何容復悔隸窘

甚啼告往獲焉莫可往捕之

之隸集諸獵人日夜伏山谷冀得一虎庶可塞責月餘受杖數百冤無所

聊齋志異

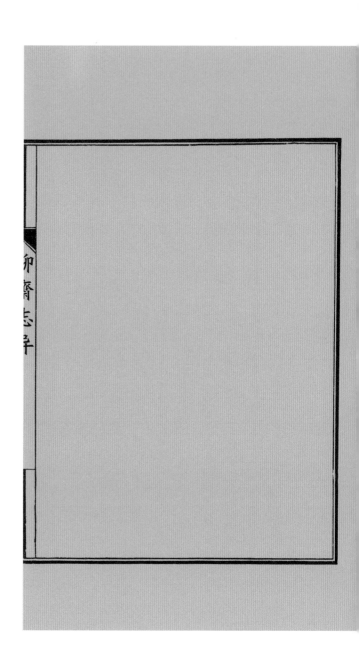

聊齋志異

始去土人義立虎祠于東郊至今猶存

螳娘捕蛇

張姓者偶行谿谷間崖上有聲甚厲尋途登覘見巨蛇圍如碗擺撲叢樹
中以尾擊柳之枝崩折反側傾跌之狀似有物捉制之然審視殊無所見大
疑漸近臨之則一螳娘據頂上以刺刀攫其首擺不可去久之蛇竟死視頂上
革肉已破裂云

拳鳥

武技

李超字魁吾淄之西鄙人豪爽好施偶一僧來托缽李飽啗之僧甚感荷
乃曰吾少林出也有薄技請以相授李喜館之客舍豐其給旦夕從學三月

人变老虎

改写自《聊斋志异·向杲》

太原向杲，不好学文，而好习武，为人仗义，爱打抱不平，和哥哥向晟感情很好。向晟是个柔弱书生。但因为有这样一个弟弟，在地方上也没人敢欺负他。

向晟和一个妓女相好。这个妓女名叫波斯，长得甭提多好看了。向晟想娶波斯，波斯也愿嫁向晟，只是因为波斯的养母要的银子太多，两人未能如愿。一年二年，波斯的养母年纪也大了，想要从良，要从良，得把波斯先嫁出去。有个庄公子，有钱有势，不但在太原，在整个山西也没人敢惹他。庄公子一向也喜欢波斯，愿意纳她为妾。养母跟波斯商量。波斯说："既是想一同跳出火坑，就该一夫一妻地过个正经日子。这就是离了地狱进天堂了。若是做一房妾，那跟当妓女也差不了一萝卜皮，我不愿意。"——"那你的意思？"——"您要是还疼我，肯随我的意，那我嫁向晟！"养母说："行！我把身价银子往下压压。"养母把信儿透给向晟，向晟竭尽家产，把波斯聘了回来。新婚旧好，恩爱非常。

庄公子听说波斯嫁了向晟，大发雷霆。一来，他喜欢波斯；二来，一个穷书生夺了他看中的人，他庄公子的面子往哪搁？一天，庄公子骑着高头大马，带领一帮家丁，出城行猎。家丁一手拿着笛竿吹管，一手提着马棒——驱赶行人给公子让路。浩浩荡荡，好不威风。将出城门，迎面碰见向晟。庄公子破口大骂：

"向晟，你胆敢娶了波斯，你问过我吗？"

"我愿娶，她愿嫁，与别人无干。"

"你小子配吗？"

"我家世世代代，清清白白，咋不配？"

"你小子还敢犟嘴！"

喝令家丁："给我打！"

家丁举起马棒，把向晟打得头破血流，鼻青脸肿。抬回家来，只剩一口气。

向呆听到信，赶奔到哥哥家里，向晟已经断气，新嫂子波斯伏在尸首上大哭。

向呆写了状子，告庄公子。县署府衙，节节上告。不想县尊府尹全都受了庄家的贿赂，告他不倒。

向呆跪倒在向晟灵前，说："哥哥，兄弟对不起你！"

波斯在一旁，说：

"这仇，咱们就这么咽下去了？你平时行侠仗义的，怎么竟这样没有能耐！我要是男子汉，我就拿把刀宰了他！"向呆眼珠子转了几转，一跺脚，说："嫂子，你等着！我要是不把这小子的脑袋切下来，我就再不见你的面！"

向呆揣了一把蘸了见血封喉的毒药的匕首，每天藏伏在山路旁边的葛针棵里，等着庄公子。一天两天，他的行迹渐渐被人识破，庄公子于是每次出来，都多带家丁护卫，又请了几位出名的武师当保镖，照样耀武扬威，出城打猎。而且每到林莽丛杂之处，还要大声叫阵：

"向呆，你想杀我，有种的，你出来！"

向呆肺都气炸了，但是，无计可施。他还是每天埋伏，等待机会。

一天，山里下了暴雨，还夹着冰雹，打得向呆透不过气来。不远有一破破烂烂的山神庙，向呆到庙里暂避。一进门，看见神庙后的墙上画着一只吊睛白额猛虎，向呆发狠大叫：

"我要是能变成老虎就好了！"

"我要是能变成老虎就好了！"

"我要是能变成老虎就好了！"

喊着喊着，他觉得身上长出毛来，再一看，已经变成一只老虎。向呆心中大喜。

过不两天，庄公子又进山打猎。向呆趴在山洞里，等庄公子的人马走近，突然蹿了出来，扑了上去，一口把庄公子的脑袋咬下来，咔嚓咔嚓，嚼得粉碎，然后"呜嗥"一声，穿山越涧而去，悠忽之间，已无踪影。

向杲报了仇，觉得非常痛快，在山里蹦蹦跳跳，倒也自在逍遥。但是他想起家中还有老婆孩子，我成了老虎，他们咋过呀？而且他非常想喝一碗醋。他心想：不行，我还得变回去，我还得变回去，我还得变回去。想着想着，他觉得身上的毛一根一根全都掉了。再一看，他已经变成一个人了，他还是向杲。只是做了几天老虎，非常累，浑身没有一点力气。

向杲摇摇晃晃，扶墙摸壁，回到自己家里。进了门，到柜橱里搬出醋缸子，咕嘟咕嘟喝了一气，然后往床上一躺。

家里人正奇怪，他失踪了好多天，上哪儿去了？问他，他说不出话，只摆摆手，接着就呼呼大睡。

一连睡了三天。

波斯听说兄弟回来了，特地来看看，并告诉他，庄公子脑袋被一只老虎咬掉了。向杲叫家里人关上门，悄悄地说："老虎是我。我变的。千万不敢说出去！可不敢！"

日子久了，向杲有个小儿子，跟他的小伙伴们说："庄公子的脑袋是我爸爸咬掉的。"

庄公子的老太爷知道了，写了一张状子，到县衙告向杲，说向杲变成老虎，咬掉他儿子的脑袋。县官阅状，觉得过于荒诞，不予受理。

一九九一年十月十二日

原载《小说林》一九九二年第一期[注1]

注1　本文与《老虎吃错人》以《虎二题》一同发表。

于受万绘《聊斋志异·画皮》

【聊斋志异·向杲】 蒲松龄 原文

向杲，字初旦，太原人。与庶兄^{注1}晟，友于最敦。晟狎一妓，名波斯，有割臂之盟^{注2}。以其母取直奢，所约不遂。适其母欲从良，愿先遣波斯。有庄公子者，素善波斯，请赎为妾。波斯谓母曰："既愿同离水火，是欲出地狱而登天堂也。若妾媵之，相去几何矣！肯从奴志，向生其可。"母诺之，以意达晟。时晟丧偶未婚，喜，竭赀聘波斯以归。庄闻，怒夺所好，途中偶逢，大加诟骂。晟不服，遂嗾从人折箠笞之，垂毙乃去。杲闻奔视，则兄已死，不胜哀愤，具造赴郡。庄广行贿赂，使其理不得伸。

杲隐忿中结，莫可控诉，惟思要路刺杀庄，日怀利刃，伏于山径之莽。久之，机渐泄。庄知其谋，

注1　庶兄：指庶母所生的兄长。
注2　割臂之盟：指男女私订婚约。

出则戒备甚严。闻汾州^{注1}有焦桐者，勇而善射，以多金聘为卫。杲无计可施，然犹日伺之。一日，方伏，雨暴作，上下沾濡，寒战颇苦。既而烈风四塞，冰雹继至，身忽然痛痒不能复觉。岭上旧有山神祠，强起奔赴。既入庙，则所识道士在内焉。先是，道士尝行乞村中，杲辄饭之，道士以故识杲。见杲衣服濡湿，乃以布袍授之，曰："姑易此。"杲易衣，忍冻蹲若犬，自视，则毛革顿生，身化为虎。道士已失所在。心中惊恨。转念得仇人而食其肉，计亦良得。下山伏旧处，见己尸卧丛莽中，始悟前身已死，犹恐葬于乌鸢^{注2}，时时逻守之。越日，庄始经此，虎暴出，于马上扑庄落，龁其首，咽之。焦桐返马而射，中虎腹，蹶然遂毙。杲在错楚中，恍若梦醒；又经宵，始能行步，厌厌以归。家人以其连夕不返，方共骇疑，见之，喜相慰问。杲但卧，蹇涩^{注3}不能语。少间，闻庄信，争即床头庆告之。杲乃自言："虎即我也。"遂述其异，由此传播。庄子痛父之死甚惨，闻而恶之，因讼杲。官以其诞而无据，置不理焉。

注1　汾州：州名，明万历时升为府。治所在今山西省汾阳市。

注2　葬于乌鸢：指尸体被乌鸦和老鹰所食。鸢：老鹰。

注3　蹇涩：迟钝。

异史氏曰:"壮士志酬,必不生返,此千古所悼恨也。借人之杀以为生,仙人之术亦神哉!然天下事足发指者[注1]多矣。使怨者常为人,恨不令暂作虎!"

注1 发指者:指令人发指的事。

于受万绘《聊斋志异·画皮》

【聊斋志异·向杲】 于受万 绘